Van Yvonne Kroonenberg verschenen eerder:

Alle mannen willen maar één ding (1986)
Alles went behalve een vent (1989)
Kan ik hem nog ruilen? (1991)
Zij houdt van hem. Hij ook (1993)
Nog één man om het af te leren (verzamelbundel, 1995)
Het zit op de bank en het zapt (1997)
Nee, dan die van mij (verzamelbundel, 2000)
Meneer als ik u zie heb ik zo'n zin in ruzie (2002)
Wat rijmt er op huwelijk? (2004)
Een ster aan het stuur (2005)
Monogamie voor beginners (2006)
De mannenfluisteraar (verzamelbundel, 2007)
Alleen de knor wordt niet gebruikt (2009)

Yvonne
Kroonenberg

Was hij in de aanbieding?

2009
Uitgeverij Contact
Amsterdam / Antwerpen

Omslagontwerp Zeno
Foto auteur Ronald Hoeben
Typografie Text & Image, Almere
ISBN 978 90 254 3175 4
D/2009/0108/938
NUR 301

www.uitgeverijcontact.nl
www.yvonnekroonenberg.nl

Inhoud

De vloek

Wanneer ik mij verveel, op een vergadering of in de file, bedenk ik een vloek. Dan stel ik mij voor dat ik de macht heb om mensen die mij onrechtvaardig hebben behandeld te straffen. Als een boze fee verzin ik een onheil dat hun zal treffen.

Het moet een mooie wraak zijn, geen ziekte en geen ongelukken, die zijn mij te gemakzuchtig. Een vindingrijke vloek moet het zijn en als ik er een heb uitgekozen, spreek ik hem plechtig uit, met de uitdrukkelijke wens dat hij ook daadwerkelijk zal geschieden. Om een vriendin betaald te zetten dat zij mij jarenlang heeft bedrogen, heb ik de vloek over haar afgeroepen dat haar man een beeldschone vrouw met prachtige borsten zal tegenkomen, die smoorverliefd op hem wordt. Hij houdt erg van borsten en die vriendin is plat. Bijna plat.

Met zo'n vloek zijn ze wel een poosje zoet, denk ik zo. Voor die echtgenoot vind ik het niet zielig, die gun ik wel een verzetje en de minnares met borsten zal ongetwijfeld op den duur weer een nieuwe man ontmoeten, eentje die geen huwelijk met zich meezeult.

Het is nog een hoop werk om narigheid te verzinnen die in werkelijkheid zou kunnen voorvallen en precies de juiste schade aanricht. Als iedereen er ongelukkig van wordt, is het knoeiwerk en als het slachtoffer er alleen een slechte middag aan overhoudt ook.

‘Help mij eens een vloek te bedenken,’ vroeg een vriendin. Zij heeft een ex-schoondochter die ze niet kan uitstaan en die haar zoon tot wanhoop drijft door zijn kinderen tegen hem op te hitsen.

‘Heeft ze een aardige moeder?’ informeerde ik.

‘Nee, dat is net zo’n kreng als zij,’ was het antwoord.

‘Je moet er even op wachten,’ zei ik, ‘maar wat zou je zeggen van vroeg intredende ouderdomsverschijnselen voor die moeder. Vergeetachtigheid, moeilijk ter been, verminderde zelfredzaamheid. En dat jouw schoondochter daar in haar eentje voor opdraait?’

Mijn vriendin begon te stralen.

‘Denk er intussen maar vast aan,’ raadde ik aan, ‘dat geeft veel troost.’

Ik besef terdege dat mijn nevenfunctie als boosaardige fee me niet mooi staat, maar in de dagelijkse omgang ben ik tamelijk lankmoedig. Ik heb nog nooit ergens de ramen ingegooid omdat ik jaloers was of beledigd, geen leugens over mijn rivalen verspreid en geen bezittingen kapotgemaakt. Dat soort dingen zal ik niet gauw doen. Ik heb er het temperament niet voor.

Wraak moet bij je passen.

Ik las eens in de krant dat een man met een shovel op de woning van zijn voormalige vriendin was ingereden, omdat zij hem had verlaten voor een ander. Hij had een loonbedrijf, dus het gereedschap lag klaar.

In een documentaire over vreemdgaan, die ik jaren geleden heb gezien, kwam een welgesteld echtpaar voor van wie de man ervandoor was gegaan met zijn secretaresse. De verguisde echtgenote had een aanhanger gehuurd en de wijnkelder leeggehaald. Het was een mooie wijnkelder met zeer oude flessen wijn. Daarmee was de vrouw sinterklaas gaan spelen in de villawijk waar zij woonden. Bij elke huisdeur had ze een goede fles neergezet.

Wraak kan ook met eenvoudige middelen.

Een van de vrouwen van mijn aerobicsclub is huisvrouw. Zij is getrouwd met een tandarts die graag symposia bezoekt. Hij neemt zijn vrouw nooit mee, niet omdat het niet kan, maar omdat hij hoopt dat hij onderweg nog wat lekkers tegenkomt. Dat is al erg genoeg, maar hij vernedert haar bovendien door te zeggen dat haar Engels niet goed genoeg is om met buitenlanders te praten.

Op een dag ging hij naar een groot congres waar een galabal aan verbonden was.

'Pak mijn smoking in,' zei hij, 'en poets mijn zwarte schoenen.'

Zijn vrouw deed het, zoals ze alles uitvoerde wat hij opdroeg, maar plotseling had ze genoeg van haar droeve bestaan als voetveeg. Voor ze het jasje van de smoking zorgvuldig opvouwde, deed ze een paar scheppen korrels uit de kattenbak in de zakken.

De wraak van de ene persoon kan een bron van inspiratie voor de ander betekenen. Ik vertelde het verhaal van de smoking aan een vriendin, die een moeilijke tijd doormaakt met haar man.

Zij knapte er erg van op.

'Mijn zus heeft eens alle tweede knoopjes van de overhemden van haar man afgeknipt, toen hij kwam vertellen dat hij het met haar beste vriendin had gedaan,' zei ze geanimeerd.

'Dat is bijzonder,' antwoordde ik peinzend, 'meestal worden vrouwen kwaad op die andere vrouw, niet op hun eigen man. Is jou dat ook wel eens opgevallen?'

'Ze willen die man niet kwijt, dus nemen ze wraak op iemand die ze kunnen missen,' legde ze uit, 'maar mijn zus is driftig. Ze had het gedaan voor ze het wist.'

'Hoe liep het af?' vroeg ik.

'Ze is nog steeds bij Ome Henk,' antwoordde de achttienjarige dochter van mijn vriendin, die bij ons gesprek zat. 'Ik vind het stom. Het was zo'n goeie kans om van die sukkel af te komen. En ze heeft die knopen er zelf weer aangezet.'

Ik draaide me naar haar om.

'Wat doen jongeren eigenlijk als ze wraak willen nemen?' vroeg ik, want voor boze heks moet je toch een poosje gestudeerd hebben op het leven.

Ze dacht even na. 'Ik ken een meisje dat onverwacht bij haar vriend langsging en hem op de bank vond, met een ander. Ze heeft een bus paarse spray gekocht en zijn hele huis onder de grafitti gespoten.'

'Goed werk,' knikten haar moeder en ik. Het was even stil.

'Het geeft wel een hoop rommel,' zei mijn vriendin, 'en als het haar eigen huis was geweest, had het niet gekund.'

'Ik weet een vergelding die al die nadelen niet heeft,' zei ik, 'ik heb hem uit een boek van Scott Fitzgerald. Hij had een stormachtig huwelijk met veel ruzie en een scheiding met woede en verdriet. Scott Fitzgerald zei: "Een goed leven, dat is de beste wraak."'

Druk

Als mijn tante mij belt vraagt ze niet hoe het met mij gaat.

'Heb je het druk?' informeert ze.

'Zo druk als ik mij maak,' zeg ik dan diplomatiek.

Dat is het verkeerde antwoord. Druk is goed, druk betekent dat je wat voorstelt in de wereld. En als je het druk hebt, hoef je niet te helpen in het huishouden en hoef je niet over je relatie te praten. Ik ken een vrouw die al vijftien jaar getrouwd is met een man die ze volgens mij nooit ziet. Hij heeft het druk.

'Ik zie hem heus wel!' weerlegt zij, 'in het weekend en 's avonds aan tafel.'

Het is niet waar. In het weekend gaat hij met zijn vrienden tennissen of mountainbiken. Zij tennist ook, maar niet met hem en als ze samen uitgaan, zitten ze in het donker in de bioscoop. Zij heeft een baan buiten de stad en staat 's ochtends om zeven uur in de file. Hij is freelancejournalist en ligt dan nog te slapen. Van samen eten komt ook nooit wat, want ik zie hem altijd in het café. Borreltijd duurt voor hem tot sluitingstijd.

'Hij moet netwerken!' zegt zijn vrouw.

'Leuk huwelijk,' zeg ik.

'Ja hoor eens,' protesteert zij, 'hij werkt hard.'

Alle mannen werken hard, als je hun vrouw mag geloven. Maar ik denk helemaal niet dat mannen hard werken. Ze zijn wel bezig. Ze zitten achter een computer, ze telefoneren, ze zijn in bespreking, ze zijn onderweg. Ze zijn de hele dag van huis en hebben het razend druk met iets waarvan niemand precies weet wat het behelst.

In ieder geval zijn ze niet thuis of beschikbaar voor de ouderavond van de basisschool. Ze hebben geen tijd om boodschappen te doen en niet om met een kind naar de beugeltandarts te gaan. Dat doet hun vrouw, in de deeltijd die haar professionele vooruitgang om zeep helpt.

Ik ken een vrouw die een verhouding had met een getrouwde man. Zij zag hem altijd op zaterdagochtend en ten minste één keer door de week, na zijn werk. Dat was niet moeilijk te organiseren. Zijn echtgenote wist dat vergaderingen flink konden uitlopen en dat hij daardoor niet altijd op tijd kon zijn voor het eten. Dat leverde voor het liefdespaar heerlijke uurtjes in de schemering op, met een glas wijn en een borrelhapje. Op zaterdag deed hij de boodschappen. Dat kon wat tijd in beslag nemen, wisten ze thuis. Niemand zou het in zijn hoofd halen om aan papa te vragen of het nu echt drie uur moest duren.

In de zomervakantie ging zijn gezin vast naar de camping en kwam hij een week later. Hij werkte zo hard, dat hij onmogelijk drie weken vrij kon nemen, dat sprak vanzelf.

Anderhalf jaar duurde de romance, toen kwam de klad erin.

'Ik zat maar te wachten,' klaagde de minnares, 'hij beloofde dat hij zou komen, maar steeds vaker gebeurde er iets op zijn werk waardoor hij in tijdnood kwam. In het weekend kon hij niet meer met mij afspreken, want hij had het te druk om nog naar de supermarkt te gaan.'

Ik heb zelf ook een man gehad die hard werkte. Het was een parttime betrekking, maar hij had zijn handen er aan vol. Hij moest zich in de nieuwe computerprogramma's verdiepen die pas op de afdeling waren geïnstalleerd. Hij moest brieven schrijven en PowerPoint-presentaties voorbereiden. Als hij klaar was met zijn drukke bezigheden was het net te laat voor de metro, dus miste hij zijn trein, moest een half uur wachten en kwam om acht uur doodmoe bij mij aan.

'Hard gewerkt, schat?' vroeg ik en dan zuchtte hij alsof hij zojuist was teruggekeerd uit de zoutmijnen. Misschien hoort het wel bij het basispakket van een man. Hij moet zijn brood verdienen en hoe zwaarder de werkdruk, des te meer aanzien hij ontlokt aan de getuigen van al die inspanning.

Vrouwen hebben het ook druk met onzin, maar op een iets andere manier. Dat hoorde ik van mijn zus die geregeld op kantoren van instellingen komt. Ze begeleidt personeel in de gezondheidszorg.

'Ze reageren op ieder piepje, op alle binnenkomende mail, op elk telefoongesprek. Bij de minste stoornis houden ze op met waar ze mee bezig waren. Ze maken niks af,' vertelde zij, 'als er iemand aanklopt, mag die persoon altijd binnenkomen. Wij noemen dat leven met de waan van de dag.'

Ik ken een uitgeefster die zo werkt. Ze heeft succes, veel boeken die bij haar verschijnen worden bestsellers, maar zij is altijd doodmoe, doordat ze zich met alles tegelijk bezighoudt. Ik ga af en toe bij haar langs op kantoor. Ik kom alleen voor de gezelligheid en ik blijf nooit lang. Terwijl ik daar ben, steekt steevast om de vijf minuten een medewerker zijn of haar hoofd om de deur en vraagt: 'Heb je even?'

En dan heeft ze even.

'Dat hoeft toch niet?' heb ik eens gezegd, 'je bent de directeur hoor!'

Maar dat schijnt niets uit te maken. De directeur is er voor de werknemers.

'Bovendien storen de meeste directeuren hun eigen personeel net zo hard als andersom,' zegt mijn zus, 'dan is er een kwestie en wachten ze niet tot er een vergadering is. Ze halen meteen een werknemer uit zijn concentratie.'

'Die directeur is een man,' raadde ik.

'Vaak wel,' moest mijn zus toegeven.

Mannen kunnen niet wachten, want als je kunt wachten, heb je het niet druk.

Mijn belastingconsulent is sinds een poosje gepensioneerd. Je zou zeggen dat hij het er lekker van gaat nemen. Hij houdt van mooie muziek, hij leest graag boeken. Maar voor lezen en luisteren heeft hij geen tijd. Hij is de hele dag in de weer met brieven en formulieren, met e-mails en faxen.

'Wat doe je toch allemaal?' heeft zijn vrouw hem eens gevraagd, 'ga toch lekker de stad in. De zon schijnt, ga vissen!'

Daar werd haar man heel boos om.

'Ik heb het druk!' riep hij verontwaardigd.

'Waarmee dan toch?' vroeg zij.

'Met de financiële afwikkeling van de zaken,' zei hij

waardig, 'en met de administratie. Daar had ik vroeger een secretaresse voor, maar al dat werk moet ik nu zelf doen.'

Alle gepensioneerden schijnen zichzelf omver te lopen van de drukte.

Ik was vroeger bevriend met een ouder echtpaar. Toen ze nog allebei werkten, spraken we in het weekend wel eens af. Dan gingen we fietsen of vogels kijken. Op een dag ging hij met pensioen en kort daarop hield zij ook op met werken. Als ik hen tegenwoordig bel, neemt zij altijd de telefoon op en zegt meteen dringend: 'Kan ik je zo terugbellen? Ik wilde net de deur uitgaan.'

Als ze dan later belt, blijkt het onmogelijk een afspraak te maken. Het weekend kan niet omdat er een kleinkind komt logeren, de maandag gaat hij biljarten, op dinsdag bridgen ze. Iedere dag is volgeplempt met bezigheden en terwijl we de blaadjes van de agenda omslaan, verstrijken de maanden bij voorbaat. Ik heb ze sinds vorig jaar mei niet meer gezien.

'Oudere mensen kunnen hun tijd niet meer doelmatig indelen,' zei een maatschappelijk werkster die veel met senioren te maken heeft, 'ze zijn de hele dag bezig met niets. En ze kunnen niet, zoals jonge mensen, een paar verschillende dingen op een dag doen. Daarom denk je dat ze het druk hebben. En zelf denken ze dat ook.'

Het zou best waar kunnen zijn. Ik kreeg eens een e-mail waarin een man van drieënzeventig zijn dag beschreef:

'Om acht uur begin ik. Dan zet ik de computer aan om mijn mail te lezen. Daar zit een vraag bij. Het antwoord zoek ik op internet. Daar vind ik een verwijzing naar een andere site. Daar ga ik ook kijken. Dan weet ik nog een boek waar iets over dat geval in kan staan. Ik sta op om het boek te zoeken. Ik kan de passage niet vinden want de lettertjes zijn te klein. Ik moet dus mijn bril zoeken. Die ligt nog in de slaapkamer. Ik zie dat het bed nog niet is opgemaakt. Dat kan ik wel even doen. Dan loop ik terug naar mijn werkkamer. Wat wilde ik ook alweer doen? Iets opzoeken, maar dan zie ik dat de geranium water moet hebben. De gieter staat in de huiskamer, waar de ontbijtboel nog op tafel staat. Daar ligt ook de krant. Die had ik nog niet uit. Waar is mijn bril?'

Zo gaat die e-mail verder, wel drie bladzijden lang.

Ik heb hem niet uitgelezen. Ik heb er geen tijd voor, ook al heb ik het niet druk.

Woordverwarring

Ik ging op verjaarsbezoek bij een vriendin die tweeënvijftig was geworden. De visite bestond uit zeven andere vrouwen die de vijftig gepasseerd waren. Er waren geen mannen bij, want de jarige is niet alleen van haar eigen man gescheiden, ze heeft alle mannen de deur uit gedaan.

In de kamer was het een leven als een oordeel want er was een interessant onderwerp van gesprek: de overgang.

'Ik stond achter de toonbank een klant te helpen,' zei een zus van de jarige, die in een apotheek werkt, 'en toen kreeg ik me toch een flux de bouche!'

Voor het eerst die middag waren we een seconde stil. Toen barstte iedereen in lachen uit. Die zus is namelijk een verschrikkelijke kletskous.

'Je bedoelt het wel goed maar je zegt het verkeerd,' hielp de jarige. 'Je bedoelt een opvlieger.'

'Dat zei ik toch!' zei haar zus.

'Nee, je zei flux de bouche en dat betekent woordenvloed.'

De zus haalde haar schouders op. Zij begreep niet wat ze verkeerd had gezegd, bovendien was ze al aan het volgende verhaal begonnen.

Toen ik thuis was, probeerde ik te achterhalen hoe ze bij die Franse uitdrukking was gekomen. In het woordenboek stond geen lemma opvlieger en 'flux de sang' betekent geen toevloed van bloed, maar dysenterie.

Ik verbaas me altijd als mensen andere talen gebruiken om hun woorden kracht bij te zetten. Ze gaan er niet treffender door spreken. Bovendien is het Nederlands al moeilijk genoeg.

Ik heb een vriendin die aan woordverwarring lijdt. Als zij iets vertelt, verhaspelt ze allerlei woorden en gezegdes. Het komt doordat zij vaak geen idee heeft van de spelling. Ze heeft een erg rommelige schoolopleiding gehad. Haar ouders waren gescheiden en haar moeder werkte in de nachtdienst. Als er een jonger broertje of zusje ziek was, moest mijn vriendin thuisblijven van school en er was geen plek in huis waar ze rustig kon leren. Later is ze nog wel naar de avondschool gegaan om het tekort aan onderwijs in te halen, maar af en toe hoor je de hiaten. In plaats van cholesterol zegt ze chlorestol en café De Zeemeeuw noemt ze steevast De Zeeuwmeeuw. Ze zit op flamingodansen en haar neefje, dat een lichte vorm van autisme heeft, lijdt aan het syndroom van asperge.

Ik verbeter haar niet. Het lijkt mij niet plezierig om almaar een foutmelding te krijgen. Het helpt ook niet. Ik heb wel eens langzaam en duidelijk cholesterol gezegd, met de bedoeling een goed voorbeeld te geven.

'Ja, dat zei ik al, chlorestol,' antwoordde ze toen.

'Jouw vriendin praat helemaal niet zo slordig!' protesteerde een man, die haar ook kent, 'Je zou mijn zwager eens moeten horen. Die is de helft van de tijd niet te verstaan. Dat ligt aan zijn kunstgebit, maar ook aan de rare dingen die hij zegt. Hij heeft een zoontje dat niet helemaal goed is. Hij moet er steeds mee naar het concentratiebureau, zoals hij dat noemt. En laatst hadden we het over een meubelplaat die volgens hem gepasteuriseerd was. Het duurde nog best lang voor ik begreep dat het geplastificeerd moest zijn.'

Ik schudde mijn hoofd.

'Mijn vriendin wint,' zei ik resoluut, 'af en toe maakt ze het me zo moeilijk dat het lijkt of ik het cryptogram aan het oplossen ben. Weet jij wat gorilla's zijn?'

'Apen?' weifelde de man.

'Dat zou goed kunnen,' zei ik, 'maar een poosje geleden was ik met mijn vriendin in een tuincentrum. Ik wilde geraniums kopen voor mijn terras. Zij heeft veel verstand van planten. We hadden al een paar perken bekeken en te schraal bevonden, toen mijn vriendin ineens naar een uithoek in de plantenkas wees. "Kijk," zei ze, "daar staan ook nog gorilla's!"'

De man kwam niet meer bij van het lachen, maar mijn verhaal was nog niet uit.

'Toen we de gorilla's naar huis hadden gedragen, moesten ze nog in de aarde worden gezet. Dat was een groot karwei. We werkten flink door want het zou gaan regenen aan het eind van de middag. Tenslotte waren we klaar. "Ik ben blij dat het is gelukt," zei ik tevreden, "dankzij jouw hulp." "Prei!" zei mijn vriendin.'

'Prei?' vroeg de man verbouwereerd.

'Ze wilde prima zeggen en tegelijkertijd fijn,' legde ik uit.

Prei heeft trouwens nooit wortel geschoten, maar de gorilla's zijn een eigen leven gaan leiden. Ik zeg nog steeds gorilla's in plaats van geraniums en toen ik diezelfde man weer eens sprak, zei hij dat hij hanggorilla's had gekocht voor de bloembakken in zijn vensterbank.

Hij voegde ook nog een verhaal toe aan onze verzameling: hij zou samen met zijn zwager naar de veiling gaan, maar het duurde lang voor hij kwam opdagen.

'Waar bleef je toch?' vroeg de man.

'Ik was in de stad,' vertelde zijn zwager, 'en het begon ineens vreselijk te regenen. Ik had alleen een kort jasje aan. De pijpen van mijn broek waren kletsnat. Eigenlijk had ik meteen naar jou toe willen komen, maar ik ben toch maar langs huis gegaan om droge kleren aan te trekken. Want het was geen gezicht, die regenpijpen.'

Ik had inmiddels de kampioen van de woordverwarring ontmoet. Het is de buurvrouw van mijn zuster.

'Als je met haar praat, heb je een tolk nodig,' zegt haar man over haar.

Mijn zus beaamt dat: 'Ze kan moeilijke woorden niet uit elkaar houden. Ze zegt abattoir in plaats van aquarium. Ze wil het ook nog wel eens over asiel hebben. Ze beginnen alle drie met een a en ze hebben met dieren te maken. Er zit dus wel een soort lijn in.'

Ook met de beginletters van woorden is ze voortdurend in gevecht. De sleutel van de loods wordt de leutel van de sloots.

Buurvrouw schijnt in de wereld ook geregeld de weg kwijt te raken, terwijl ze volstrekt niet dement is. Ze zat eens met haar man in een restaurant, toen ze naar de wc moest. Op de terugweg nam ze de verkeerde deur en kwam op straat terecht. De ober zag het en bracht haar terug naar haar tafeltje.

'Hier is uw vrouw, meneer!'

Zelf moet buurvrouw erg lachen om de chaos die ze veroorzaakt. Ze hoort ook wel dat ze de gekste dingen zegt, maar dan is het al gebeurd.

Ze stond eens in een menigte op iemand zijn tenen. Het was met de Gay Pride.

'Het is hier ook zo kortjes bij dichtjes,' verontschuldigde ze zich. De man dacht dat ze nichtjes zei en keek haar boos aan. Zij wilde zich snel uit de voeten maken, maar ook niet onbeleefd zijn. Doei! had ze willen zeggen.

Het werd zwoei!

Het mes

Toen ik twaalf was, wilde ik op volksdansen. Ik schaam mij achteraf voor dat verlangen, maar in die tijd zag ik er niets verkeerds in. Wanneer er montere muziek klonk wilde ik, net als Bulgaarse of Litouwse vrouwen, in een gebloemde jurk met een schort en een wuivende zakdoek de traditionele horlepiep uitvoeren.

Mijn ouders hoorden mijn wens met weerzin aan, maar omdat ik aandrong, schreven ze mij in bij Haboniem, de enige vereniging waarvan zij wisten dat de leden zich nog wel eens te buiten gingen aan volksdansen. Ik heb niet lang op Haboniem gezeten, een paar weken, toen had ik mijn bekomst van het verenigingsleven en had ik de Hora geleerd. Dat is de dans die bij het lied Hava Nagila hoort.

Ik heb hem eens gedanst op een joodse bruiloft.

Er is nog een bladzij in mijn levensgeschiedenis die ik het liefst verzwijg: ik heb beha's verkocht op huiskamerbijeenkomsten. Ik was achttien en woonde een jaar in Amerika. Het was de bedoeling dat ik mijn geest zou vullen met de Amerikaanse cultuur en dat deed ik ook, maar met de verkeerde ingrediënten. Ik rookte mij een hersenversuffing aan marihuana, ik reeg kralen om uit te stralen dat ik bij de hippies hoorde, ik draaide psychedelische muziek en discussieerde over antipsychiatrie.

Op een dag werd ik benaderd door een mevrouw die huiskamerparty's organiseerde.

Zij vond mij wel geschikt als verkoopster, omdat ik in een studentenhuis voor meisjes woonde. In zo'n huis is het al party zonder dat je ook maar één tupperwarebakje of tubetje crème hebt uitgepakt.

Het zou een goudmijn worden. De beha die ik moest aanprijzen heette de Pennyrich Bra, vernoemd naar Penny Rich, die hem had ontworpen. Hij leek op een voedingsbeha, met een driehoek waar de borst doorheen stak en een klepje dat eroverheen werd bevestigd. Door zo veel mogelijk vetweefsel door het driehoekje te persen zouden de borsten op den duur groter lijken. Wilde een vrouw juist kleinere, dan werkte ze wat borstweefsel in de richting van haar oksels, buiten de driehoek.

Ik zou de beha onder de aandacht van de meisjesstudenten brengen en ik geloof dat ik er inderdaad twee of drie heb weten te verkopen. Toen was het gedaan met mijn carrière als partygastvrouw.

Achteraf is dat maar goed ook. Huiskamerparty's deugen niet. Ze stoelen op het idee dat je die wijven alles kunt laten kopen, als je er maar sherry bij serveert: 'Meid, kan jou wat schelen, Truus neemt er ook een!'

Die beha zag er trouwens niet uit. Ik heb hem een poosje gedragen, maar ik kreeg er bepaald geen beter figuur van.

Ik hoef misschien ook niet zo nodig een beter figuur. Dat schijnt heel Nederlands te zijn.

Zeepfabrikant Dove heeft een wereldwijd onderzoek naar schoonheid laten doen in samenwerking met de Amerikaanse universiteit Harvard. Aan tweeëndertighonderd vrouwen in tien landen werd de vraag gesteld hoe zij zichzelf vonden.

'Gewoon,' was het antwoord dat veel Nederlandse vrouwen gaven, 'gemiddeld, niet erger dan een ander.'

In Brazilië bleek meer dan de helft van de ondervraagde vrouwen al eens overwogen te hebben naar de chirurg te gaan, in Amerika en in Argentinië was dat dertig procent.

In Nederland droomt een op de vijf vrouwen van het mes. Dat is dus beduidend minder.

Ik lag laatst in bed naar de televisie te kijken. De man naast mij sliep al en ik verveelde me.

's Avonds laat zijn op de televisie, behalve het nieuws en wat herhalingen, alleen nog griezelige programma's te zien. Op het natuurkanaal at een krokodil een zebra op, op een van de zenders van de publieke omroep dreigde een man met een pistool een meid te vermoorden en in maar liefst twee programma's van de commerciële stations waren bloederige ziekenhuisoperaties aan de gang. Toen de ene operatie werd onderbroken voor de reclame schakelde ik naar de andere. Daar werd een vrouw aan een nieuw uiterlijk geholpen door een chirurg, een tandarts en een kapper. De kapper maakte sierlijke kringetjes van duim en wijsvinger voor hij behoedzaam aan het werk ging, de tandarts stond secuur te boren, terwijl de stem van de commentator uitlegde wat hier werd verricht. De chirurg sprak zelf tot de kijker. Terwijl zijn armen heftig harkten onder de huid van de verdoofde vrouw, verklaarde hij stellig dat het vet dat hij hier weg stond te zuigen nooit met sport en matigheid te bestrijden zou zijn geweest. De camera richtte zich op een glazen beker waarin het afgezogen vet gemengd met bloed sopte en borrelde. Rillend keek ik toe. De borsten van de vrouw zouden nog vergroot worden, de kaak versteld, de neus ingekort en rechtgezet. Na het herstel van de bloeduitstortingen werd zij opgemaakt en gekleed voor de vertoning.

'Is dat mijn mama?' fluisterde het dochtertje van de nieuwe Venus ademloos, toen zij haar moeder in avondjurk de trap af zag dalen.

'Jawel,' antwoordde ik vanuit mijn bed, terwijl ik hoofdschuddend toekeek hoe de vrouw haar mooiste ogenblik beleefde, 'maar later wordt ze weer gewoon. Dan wordt ze weer een vrouw met dagelijkse zorgen, met een rimpel tussen haar wenkbrauwen, de heupen iets te zwaar, de voeten niet in zilveren sandaaltjes maar in platte schoenen. De belichting is in het dagelijks leven ook bepaald minder mild.'

De man naast me werd wakker van mijn commentaar.

'Waar kijk je naar?' vroeg hij slaperig.

'Naar medische misstanden,' antwoordde ik.

Hij ging meteen rechtop zitten en keek mee naar het programma.

'Ik wil ook een extreme make-over,' zei hij, 'ik krijg brede heupen. Ik ga liposuctie laten doen. En ik wil mijn mondhoeken laten liften. Er zitten van die rare groeven. Het is net of ik altijd een ontevreden gezicht trek.'

Ik keerde me naar hem toe.

'Kijk eens naar mij,' dreigde ik, 'ik trek een héél ontevreden gezicht! Ik wil geen verbouwde man met een leeggezogen middel. Ik wil geen nep-jongere. Ik wil gewoon een man met rimpels en hier en daar een verzakking. Een man die ordentelijk oud wordt, zoals de natuur het bedoeld heeft en naast wie ik met vertrouwen een oude vrouw mag worden!'

Ik ben geen voorstander van cosmetische chirurgie. Ik ken drie vrouwen die een facelift hebben laten uitvoeren en één man. In het begin zagen ze er alle vier goed uit, net of ze uitgerust terug waren gekeerd van een goede vakantie. Maar na een paar jaar werd hun gezicht vreemd. Vooral de man ziet er geschonden uit. In het midden van zijn gezicht zit een strak eilandje met daaromheen plooien van huid die alsnog meedogenloos is gaan kreukelen en hangen.

Een van de vrouwen heeft na de facelift ook nog eens haar bovenlip laten opspuiten met een of ander goedje dat inmiddels korrelt. Dat kun je zien.

De andere is nog geen vijftig. Zij is erg mooi, maar ik ben bang dat het geen stand houdt. Een gelift gezicht gaat niet evenwichtig rimpelen. Dat kan ik dan weer zien aan de derde vrouw. Die kijkt de wereld aan met een stomverbaasde blik, doordat de huid boven haar wenkbrauwen te strak is weggetrokken. Maar, net als bij de gelifte man is het vel buiten het operatiegebied verder gegaan met het verval. Haar wangen zien eruit als het opgetrokken gordijn van een theaterpodium uit de achttiende eeuw.

Steeds meer mensen melden zich bij de chirurg.

Als ik tegenwoordig iemand van boven de veertig tegenkom die er goed uitziet, ga ik onmiddellijk op zoek naar sporen van botox, melkzuur of het mes. Om erachter te komen hoe oud die persoon in werkelijkheid is, kijk ik naar de handen en luister ik naar de stem. Als die kraakt, krast of bromt, is de spreker ten minste boven de vijftig.

Maar sinds kort kan ook de stem worden gecorrigeerd. In Philadelphia zit een keel, neus en oorarts die vroeger operazanger was en in zijn nieuwe hoedanigheid van medisch specialist stemmen lift.

Ik wist al dat het mogelijk was een stem hoger te laten klinken. Ik zag vroeger, toen ik nog psycholoog was, veel transseksuelen. Voor ze werden doorverwezen voor een geslachtsverandering, moesten ze een praatje met mij maken. Daarna kregen ze hun hormoonbehandeling en de plastisch-chirurgische aanpassingen.

Een van de lichamelijke ingrepen die man-naar-vrouw-transseksuelen konden laten uitvoeren, was de stemcorrectie. De stembanden werden dan ingekort, waardoor de spanning op de twee membranen toenam en het geluid hoger werd.

Er was niet veel vraag naar de stemcorrectie, want met de ingreep verdween het volume. De gelifte stem klonk iel. Je kon er in een café nog geen pilsje mee bestellen.

Uit een artikel over de Amerikaanse methode bleek, dat er een nieuwe techniek is ontwikkeld. In de stembanden wordt Cymentra gespoten, een mengsel van collageen en elastine. Een andere manier is een implantaat via de nek of een injectie met vet of hydroxylapatiet. Wat dat voor spul is, weet ik niet.

Het loopt storm bij de zingende kno-dokter. Politici, radioverslaggevers, acteurs, verkopers en woordvoerders hebben zich gemeld om hun stem te laten optillen tot jeugdige hoogte. Dat kost 10 000 dollar, maar die prijs schijnt geen bezwaar te zijn.

De enige cosmetische operatie die geen raar effect geeft, is de correctie van het bovenste ooglid. Wallen die onder de ogen zitten kun je ook laten weghalen, maar dat heeft niet veel zin. Die komen terug. Ik heb eens horen zeggen dat je aambeienzalf op je wallen moet smeren. Daar knappen ze enorm van op.

Als je bovenste oogleden gaan zakken, kun je ze gerust laten bijsnijden. Daar komen geen nadelige gevolgen van.

Ik had een vriendin die vijfennegentig is geworden. Op haar zesentachtigste zijn haar oogleden gefatsoeneerd omdat ze voor haar blikveld hingen. Zij zag er goed uit: een oude kop met levendige ogen.

Ik denk nog vaak aan haar. Zij wilde beslist niet jonger lijken dan ze was. Ze deed wel yoga om soepel te blijven, maar verder leefde ze onbezonnen.

'Je moet in het leven zoveel mogelijk plezier hebben,' vond ze. Ze stuurde me eens een citaat, dat ze op internet had gevonden:

'Tegen de tijd dat je het graf instapt moet je lichaam niet perfect gepoetst en goed onderhouden zijn, maar tot op de draad opgebruikt. Zo ga je de kist in, met een biertje in je linkerhand, een reep chocola in de rechter en op je gezicht een grijns van oor tot oor.'

Ladders

Ik ging bij mijn buurman langs voor een kopje thee en trof hem aan met een overhemd in zijn hand en een wanhopige blik in zijn ogen. 'Ik moet een knoop aanzetten,' zuchtte hij, 'en ik weet hoe het moet maar ik kan het niet. Stom hè?'

'Nee hoor,' troostte ik, 'als je niet als kind op handwerken hebt gezeten, leer je het nooit. Geef mij maar.'

Er zijn wel mannen die kunnen naaien. Kleermakers kunnen het uit hoofde van hun beroep en sommige chirurgen, maar de meeste mannen hebben een te grove motoriek. Het lukt ze niet een draad door het oog van een naald te prutsen en ze kunnen geen kleine steekjes maken zonder zichzelf te verwonden.

In mijn jeugd leerden alle meisjes breien, haken, naaien en borduren. Op de basisschool was er zelfs een leerkracht voor, de handwerkjuf.

Ik heb als kind honderden vilten beestjes gemaakt. Dat was mijn hobby. Later borduurde ik servetten en breide ik wel eens sokken. Op een dag hield ik ermee op, waarschijnlijk omdat handwerken niet mocht van de emancipatiecommissie. Een vrouw die serieus genomen wilde worden, leerde de bandenspanning van haar auto controleren of bergbeklimmen. Breien was vrouwenverraad.

Met de breikunst en de borduurlust is ook het nuttige handwerk verdwenen. Niemand stopt nog sokken, niemand zet meer lapjes op een versleten broek.

Vroeger werden zelfs nylonkousen versteld. Er waren winkels waar je de ladders in je kousen kon laten ophalen. Ik denk dat het is begonnen toen de nylons nog van zijde waren. Een zijden kledingstuk gooi je niet weg.

Later, toen er geen kousen meer werden gedragen maar panty's, verdween de beroepsgroep. Ik vertelde laatst aan een meisje dat aan het conservatorium studeert dat de beroemde sopraan Christina Deutekom als kousenophaalster was begonnen.

'Kousenophaalster?' herhaalde de studente niet-begrijpend.

'Als je vroeger een ladder in je kous had, werd die opgehaald,' legde ik uit, 'door een kousenophaalster. Maar ze zijn uitgestorven.'

'Jammer,' antwoordde zij, 'ik kan wel een kousenophaalster gebruiken. Weet je hoeveel panty's ik per week verslijt?'

'Vijf?' raadde ik.

'Acht! Sommige ladderen al als je ze aantrekt.'

'Je moet er zeep op smeren,' wist ik, 'of nagellak. Maar je kunt beter helemaal geen panty's kopen. Ik draag maillots, die ladderen niet.'

'Als ik een maillot aantrek, lijk ik net de voorzitster van een Duitse vegetariërsbond,' giechelde het meisje, 'ik heb veel te dikke benen. Alleen met zwarte panty's lijkt het nog wat. Maar bij zwarte kousen vallen zelfs heel kleine laddertjes op. En op zwart kun je ook geen zeep smeren. Misschien zou heel donkerrode nagellak kunnen.' Ze tuurde nadenkend naar haar benen.

'Weet je wat ik wel eens heb gehoord,' zei ik, 'dat je

panty's in de diepvries moet leggen, dat ze dan niet zo gauw kapotgaan.'

'Moet je ze dan eerst uit de verpakking halen?'

Ik schoot in de lach.

'Nee, gek, dan vriezen ze vast en trek je ze zeker aan gort.'

'O ja,' antwoordde ze dommig, 'nou ik zal het proberen.'

Een paar weken later sprak ik de muziekstudente weer.

'Het is niet waar van de diepvries,' meldde ze.

Ze had het geprobeerd maar de panty's waren evengoed na een paar uur gaan ladderen.

'Maar ik heb heel goeie raad gekregen,' zei ze, 'en het is zo voor de hand liggend dat ik niet begrijp dat ik er zelf niet op gekomen ben. Mijn tante vertelde, dat ze een panty waar een ladder in zit, afknipt. Dan heeft ze dus een halve panty over. Als er weer een laddert, knipt ze die ook af en draagt die twee over elkaar heen.'

'Maar als er nou twee linkergedeelten kapotgaan?' vroeg ik.

'Als je er één binnenstebuiten keert, kun je hem aan het andere been dragen.'

Vroeger kregen alle meisjes huishoudelijke raadgevingen. Ze leerden ook koken, strijken en verstellen. Moeders, oma's en tantes droegen hun kennis over.

Mijn moeder deed dat ook, maar ze had een hekel aan koken. Van de weeromstuit wilde ze het haar dochters niet leren. 'Maak maar een blik open,' raadde ze aan toen ik probeerde te ontdekken hoe je spinazie moest klaarmaken of rode kool. Zij was er vast van overtuigd dat koken, tegen de tijd dat ik volwassen zou zijn, niet meer hoefde. Alles zou dan uit de diepvries komen, uit blik of uit een automaat.

Ze heeft ten dele gelijk gekregen. Zelfs al kun je geen keteltje water koken, kun je iedere avond een kant-en-klaarmaaltijd in de magnetron zetten. Dan kook je niet en eet je toch.

Ik heb wel andere huishoudelijke vaardigheden van mijn moeder geleerd: strijken, ramen lappen en stoffen, gootsteenkastjes soppen en wc's boenen. Ik kan een huishouden ordelijk laten verlopen, zonder dat er stapels wasgoed of vaat blijven staan.

Dat leren meisjes niet meer.

Feministische moeders vonden het niet verstandig hun dochters voor te bereiden op een slavenbestaan. Als je niet kunt wassen en strijken, kan niemand je ertoe dwingen, was de gedachte. Andere moeders probeerden hun zonen juist van alles bij te brengen. Soms lukte dat, maar meestal niet. Het gevolg is dat jongens niks kunnen en meisjes ook niet.

Ik heb een huishoudelijke vriend. Wanneer hij bij mij op bezoek is, trekt hij ongevraagd een schort aan en gaat het berghok opruimen. Hij kookt heerlijk en hij stofzuigt dat het een aard heeft. Afwassen doet hij ook. Als hij dat 's ochtends doet, na de avond ervoor, ben ik dankbaar. Maar als hij er in zijn tomeloze ijver direct na de maaltijd aan begint, houd ik hem nog wel eens tegen. Dan heeft hij een slok op en dat komt de zorgvuldigheid niet ten goede. Ik vind soms ongerechtigheid in de servieskast.

Een vriendin van mij heeft een man die zelfs in nuchtere staat het verschil niet ziet tussen schoon en vuil. Hij wil graag metroman zijn, dus pakt hij geregeld de stofzuiger en gaat ermee staan harken in de woonkamer. Als hij afwast, lijkt het wel of hij de borden leert zwemmen. Zijn moeder was eens op bezoek terwijl hij zijn kunsten vertoonde met een sopdoekje. Hij had het kleddernat gemaakt en zwierde ermee over het aanrecht. De troep spatte in het rond.

'Kind, doe je daar niks aan?' vroeg de schoonmoeder onthutst aan mijn vriendin.

'Had jij dat destijds niet kunnen doen?' bitste zij terug, 'toen had het misschien nog zin.'

Zij laat hem maar kliederen, dat is beter voor de verstandhouding. Huishoudruzie is niet goed voor liefdesrelaties.

Ik zeg ook niks als ik slordig afgewassen glazen tegenkom. Ik neem geen risico's. Wij hebben wel debatten over het huishouden, maar dat doen we op voet van gelijkheid. Hij beweerde laatst met klem dat je geen natte handdoeken in de wasmachine moet doen, omdat de was daar muf van gaat ruiken. Hij corrigeert mij ook als ik het wasgoed te dicht op elkaar aan het droogrek hang. Dan droogt het te langzaam en komt het weer erin. Volgens mij is dat allemaal onzin. Ik zou graag aan iemand willen vragen wie van ons tweeën gelijk heeft, maar ik ken niemand die verstand heeft van wasgoed. Die generatie leeft niet meer

Geluk

Ik was bij mijn broer op visite. We zaten in de serre thee te drinken en we hadden het over depressies.

'Bijna iedereen die ik ken, slikt prozac,' zei ik, 'of seroxat, of zoloft, of dat andere merk dat ik niet kan onthouden.'

'Ik slik niks,' zei hij.

Ik nam niet de moeite antwoord te geven. Mijn broer is getrouwd met de leukste vrouw van de wereld, hij heeft drie beeldschone dochters van wie er twee piano spelen en één viool, ze kunnen alle drie goed leren en ze hebben hun zwemdiploma.

'Zou heel Nederland depressief zijn?' vroeg ik, 'of hebben alleen stadsbewoners een depressie?'

'Ik weet het niet,' zei mijn broer, 'misschien zijn ze niet eens echt ongelukkig. Maar de eisen zijn hoog. Als je een paar weken somber bent, moet je al naar de dokter.'

Het is waar. Wij vinden geluk een normale toestand. Je gaat de deur niet uit zonder je geluk. Als er een enquête over het levensgevoel wordt gehouden, meldt vrijwel iedere Nederlander dat hij gelukkig is. Zo hoort het. Als je geen gebroken hart hebt, niet in scheiding ligt, plotseling werkloos bent geraakt of een familielid hebt verloren, ben je gelukkig. Anders doe je iets fout.

Ik las in de krant dat er in Nederland zelfs een school

bestaat waar les wordt gegeven in gelukskunde. Het is een verplicht vak, waar je ook een cijfer voor krijgt. De lesstof bestaat uit onderricht in vriendelijke bejegening, complimenten geven en ontvangen. De studenten gaan op zoek in zichzelf om hun eigen goede eigenschappen te ontdekken. Het doel is zelfvertrouwen op te bouwen. Mensen die zelfverzekerd zijn, presteren beter en zijn minder onderhevig aan stemmingsschommelingen.

Iedereen is gek op het vak gelukskunde, vertelde de leraar die de lessen geeft, maar zijn collega's reageerden aanvankelijk zuur. Zij vonden het flauwekul.

De docent schreef hun houding toe aan afgunst. Daar had hij begrip voor. Het valt niet mee om jonge mensen liefde voor wiskunde bij te brengen of voor Karel de Grote.

Hij bood de jaloerse leraren aan om ook een paar lessen gelukskunde te volgen. Dat hebben ze gedaan en sindsdien klagen ze niet meer.

De school waar de geluksspoeling plaatsvindt, staat in Limburg. Misschien verklaart dat het succes. Limburgers kennen een traditie van bidden en biechten. Ze zijn gewend aan geschenken uit de hemel, of in ieder geval van bovenaf. Ik denk niet dat Groningers zich zo gewillig tot de euforie zouden bekeren, of Zeeuwen.

Zelf zou ik vermoedelijk ook na twee lessen gelukskunde gaan spijbelen, maar ik heb gemakkelijk praten. Ik ga niet gebukt onder een slecht huwelijk, ik sta bijna nooit in de file, ik heb geen kinderen die onbesuisde dingen doen en ik heb vooralsnog geen ziekte of geldzorgen. En dan heb ik ook nog een zonnige natuur. Ik ben wel eens chagrijnig, maar nooit lang. Meestal staat er al gauw een montere gedachte in mij op, een plannetje om brood te gaan bakken of om naar het museum te gaan. Dat heeft niet iedereen.

Ik ken een vrouw die een lelijk humeur heeft. Ik ben bevriend met haar zus, dus zo heel vaak zie ik die vrouw zelf niet, maar ik krijg wel vaak het laatste nieuws over haar te horen. Ze is een moeilijk mens, vindt haar familie. Ze is teleurgesteld in het leven.

Ze heeft veel tegenslag gehad. Haar man was een verschrikkelijke vreemdganger. Ze is van hem gescheiden en woont met haar twee kinderen die allebei in de puberteit zijn in een lelijke flat in Almere. Haar gewezen echtgenoot betaalt weinig alimentatie en zij kan geen baan vinden.

Ze is gediplomeerd directiesecretaresse, een beroep waarin weinig werkloosheid bestaat, maar als zij solliciteert, komt ze nooit verder dan een eerste gesprek. Want de sollicitatiecommissie hoeft maar één blik op haar gezicht te werpen om vast te stellen dat ze niet in het team past.

Ze brengt haar dagen door met zeuren en klagen. Iedereen heeft haar gesmeekt eens aan de huisarts te vragen of ze geen pilletjes tegen de somberheid kan krijgen, maar ze wil niet naar de huisarts. En in therapie gaat ze ook niet.

'Ik heb familie die mij kan opvangen,' zegt ze, 'daar heb je toch familie voor?'

Ik moet er niet aan denken dat ik deel uit zou maken van haar familie of kennissenkring.

Ik vind eigenlijk dat je met andere mensen de leuke stukken van je leven moet delen, voor zover je kunt. Soms gebeurt er iets akeligs en is er iemand die je bijstaat, maar dat is een bijzondere gunst. Geen recht.

En wat deze vrouw doet, tart alle fatsoensregels. Als ze iemand tegenkomt die per ongeluk vraagt hoe het met haar gaat, begint ze haar klaagzang.

Mensen die haar kennen kijken wel uit en vragen nooit iets. Maar dat helpt niet. Dan blijft ze net zo lang bokkig zwijgen tot ze aandacht krijgt.

Voor andere mensen toont ze intussen niet de geringste belangstelling.

Een van haar nichten is er onlangs achter gekomen dat haar echtgenoot, van wie zij dacht dat hij alleen van haar hield, al twee jaar een geheime verhouding heeft met een collega. Het is zo klassiek dat ze zich schaamde om ermee naar buiten treden. Maar ten slotte heeft ze het toch verteld, want het stond zo raar dat zij en haar man nooit meer samen op feestjes kwamen. Iedereen toonde zijn medeleven, behalve deze vrouw.

'Hou maar op,' zei ze toen de nicht haar ook op de hoogte wilde stellen, 'mij hoef je niets te vertellen. Ik weet er alles van.'

En toen begon ze weer over háár man en háár scheiding.

Ik hoor alle verhalen via die zus en ineens vroeg ik mij af of deze vrouw werkelijk zo ongelukkig is. Misschien heeft ze wel lol. Ze heeft in ieder geval macht. Die heeft ze nooit eerder gehad. Ze is jarenlang voor niemand nummer één geweest. Haar kinderen hebben haar niet nodig. Ze is niemands beste vriendin.

Alleen in onhebbelijkheid kan ze nog uitblinken en dat doet ze dan ook met volle inzet. Iedereen praat over haar! Als een gesprek stil dreigt te vallen, is er altijd wel iemand die vraagt of een van de aanwezigen nog iets van Haar heeft gehoord. En ja hoor, er is altijd een laatste aflevering van het drama.

Ze is op een verjaardag geweest en heeft niemand gegroet. Ze dronk alleen een glas water en bleef maar een kwartier. Daarna hebben de zussen, de tantes, de nichten en neven nog wekenlang nagepraat over die verjaardag. Hoe erg ze weer was en wat dat nou toch is, met die vrouw!

Of ze was juist niet gevraagd voor een feestje omdat ze het toch telkens weer verpest. Dat is dan ook weer aanleiding voor allerlei bespiegelingen. Vooraf belt de hele familie elkaar om een weloverwogen besluit te nemen om haar inderdaad over te slaan bij de uitnodigingen en achteraf om gelijk te krijgen dat het echt niet anders kon.

Ik denk warempel dat deze vrouw het goed voor elkaar heeft. En ze is natuurlijk niet de eerste en de enige die erachter is gekomen dat je met slecht gedrag net zoveel wint als met lief zijn.

In mijn eigen kennissenkring zit er ook zo een. Zij heeft haar man nog en ik denk dat hij er niet over piekert om bij haar weg te gaan, want ze heeft hem al beloofd dat hij de kinderen nooit meer te zien krijgt als hij ook maar de s van scheiding uitspreekt.

Op de tiende verjaardag van hun dochter hield ze de tijd nauwlettend in de gaten, terwijl haar man de ballonnen ophing, de video opzette, de limonade inschonk en het uitpakken van de cadeaus begeleidde. Om precies drie uur riep ze: 'Leo! De táárt!!'

'Ik kom eraan,' antwoordde hij buiten adem, 'even de…'

'De táárt!!! Het is drie uur!'

Ik zat erbij en volgde de gebeurtenissen aandachtig. Binnen drie jaar mag de pot met prozac open voorspel ik. Voor wie het recept wordt uitgeschreven is nog niet duidelijk. Ik heb in een boek over moderne antidepressiva gelezen dat het middel ook helpt tegen een kwaadaardig humeur. Maar ik denk niet dat deze vrouw haar positie in gevaar wil brengen omwille van de huiselijke harmonie. Hij mag zijn mond vast opendoen. Slikken doet hij nu al.

Samen oud

Ik wandelde op zondag met mijn verloofde in het Kralingse Bos. Het was er druk. Gezinnen duwden kinderwagens langs de paden, kilometerwandelaars stapten in marstempo voort en overal renden Jack Russells. Een oud echtpaar kwam ons traag tegemoet geschuifeld. De man was slecht ter been en leunde op de arm van zijn vrouw.

'Worden wij later ook zo?' vroeg mijn verloofde vertederd.

'Ik denk het niet,' antwoordde ik, 'dat mannetje is heel klein en jij bent één meter negentig. Als jij op mij moest leunen, zou ik je niet houden. Maar ik denk niet dat jij stram wordt. Jij lijkt precies op je tante Truus en die loopt als een kieviet.'

'Zij is wel dement,' zei mijn verloofde bedenkelijk.

'Dat is ook heel zwaar,' gaf ik toe, 'maar daar kan ik wel tegen. Misschien word jij, als je dement bent, wel heel lief.'

Ik hoorde van een verpleegkundige die in de bejaardenzorg werkt, dat seniele senioren soms helemaal van karakter veranderen. Lieve mensen worden ineens kattig of humeurig en omgekeerd zouden loeders van vroeger zich bekeren tot zachtmoedigheid.

Ik weet niet of het waar is. Er bestaan nogal wat mythes over de ouderdom.

Het ideaal van de liefde is een lang en gelukkig huwelijk waarin opa en oma samen oud worden. Dat hoor je veel. Mensen die nog niet eens dertig zijn, die elkaar nu al plechtig beloven dat ze arm in arm de herfst van het leven in zullen gaan. Ze beseffen niet dat de winter die daarop volgt, grimmig kan zijn.

Ik heb een heel oude vriendin. Ik heb haar leren kennen toen ik een jaar of vijfendertig was en zij zevenenvijftig. Zij had allerlei abonnementen voor klassieke muziek en ballet. Als ze een kaartje over had, mocht ik mee. Tegenwoordig nodig ik haar uit als ik naar een concert ga. Van tevoren bel ik op en vraag hoe het met haar gaat.

Vroeger zei ze dan wat ze zoal had gedaan, wie ze had gesproken en welke voorstellingen ze had bezocht. De laatste tijd geeft ze voornamelijk medische verslagen. Ze heeft ongemakken. Die noemt ze haar PH-PD-syndroom, Pijntje Hier, Pijntje Daar.

Ze laat zich er niet door weerhouden om uit te gaan, maar het kost haar steeds meer moeite.

Oude mensen zijn door hun lichamelijke ongemakken meer aan huis gebonden. Daar verlopen alle dagelijkse handelingen stroever dan weleer. Even de was in de wasmachine stoppen, een ontbijtbord naar de keuken brengen betekent een onderneming van een kwartier.

Als je alleen woont, is er niemand die ziet hoe lang je over ieder karweitje doet. Maar mensen die samen oud zijn geworden houden elkaar een meedogenloze spiegel van hun eigen aftakeling voor.

Terwijl de een moeizaam scharrelt, kijkt de ander wrevelig toe.

'Heb je die lege flessen al weggebracht?'

'Nee, wanneer had ik dat moeten doen? Je ziet toch dat ik bezig ben!'

Vooral wanneer de een nog wel van alles kan en de ander niet, klinkt er voortdurend een onaangename toon in de gesprekken.

Ik kom geregeld op bezoek bij een bejaard echtpaar. Hij is in de tachtig, maar nog helemaal gezond. Zij niet. Ze heeft versleten gewrichten en een zwak hart. Zij komt niet veel op straat en probeert uit alle macht te verhinderen dat haar man een leven buiten haar blikveld leidt.

'Waar ga je heen?' vraagt ze als ze hem in de richting van de kapstok ziet lopen.

'Ik wilde even de krant uit de brievenbus gaan halen.'

'Blijf je niet te lang weg?'

Hij blijft niet lang weg. Het doel van iedere stap op het tuinpad is zo snel mogelijk weer naar huis te gaan, waar zij met een verongelijkt gezicht op hem wacht.

'Wat duurde het lang!'

Van de verpleegkundige hoorde ik, dat het veel voorkomt dat oude echtparen elkaar in gijzeling houden.

'Je denkt dat het oergezellig is, zo samen oud zijn, met zijn tweetjes in de aanleunwoning. Maar de slijtage gaat vaak niet gelijk op en degene die er het best aan toe is, mag dan niks meer van die ander.'

Zij beschreef twee oude mensen van wie de man ook nog erg vief is.

'Hij zou kunnen fietsen of met de tram de stad in. Maar dat mag niet van haar. Zij heeft hem voortdurend ergens voor nodig. Als wij zeggen dat wij wel op haar passen, wimpelt hij het aanbod gauw af: ze heeft liever dat híj haar vest gaat pakken – "Nee niet dat blauwe vest, het beige!"'

Hij is de hele dag bezig opdrachten uit te voeren. Ze wil dat hij de verwarming hoger zet, de televisiegids pakt en gaat controleren of de plant op de vensterbank genoeg water heeft. Omdat hij zelf ook niet meer snel beweegt, doet hij er een poosje over voor hij van de ene plek naar de andere is gelopen. Haar ongeduldige blik zorgt ervoor dat hij ook nog fouten maakt. Hij laat de gieter uit zijn handen vallen en dan moet hij weer naar de keuken voor een dweil.

Je zou denken dat het een opluchting is als de afhankelijke partij ten slotte overlijdt en de voordeur weer opengaat. Daar ligt de wereld. Maar dat is niet altijd het geval.

Vrouwen die weduwe worden terwijl ze zelf nog goed gezond zijn, hernemen zich vaak wel heel goed. Ze zullen hun man nooit vergeten, ze denken iedere dag aan hem en praten ook veel over hem.

Mijn oude vriendin doet dat ook. Bij alle meningen die ze geeft, zegt ze wat Hans ervan had gevonden. Ze spreekt met liefde over hem. Hij had wel raad geweten wanneer ze een ingewikkeld formulier moet invullen. Hij hield ook zo van dieren, van muziek, van haar. Ik heb Hans niet gekend, maar op haar vijfenzeventigste verjaardag waren een paar familieleden die zachtjes fluisterden dat tante Cor toch lekker opgeknapt was, sinds oom Hans niet meer overal zijn zware bastoon over het klinken.

De verpleegkundige zegt dat mannen het vaak veel minder goed doen als ze alleen overblijven, ook al stonden ze in continudienst voor hun invalide vrouw en kregen ze alleen snibbig commentaar.

Dat gebeurde ook met het echtpaar in de seniorenflat. Op een dag ging zijn vrouw dood. De familieleden hoopten dat hij zijn wereld weer iets groter zou maken. Dat hij weer zoals vroeger op zaterdagmiddag naar het café zou gaan. Daar zaten nog oude vrienden van hem, die net zo oud en gebrekkig waren, maar nog wel een glaasje lustten. Maar de man wilde niet. Hij vond er niks aan zonder zijn vrouw. Voor hem was het leven zinloos geworden.

Niemand had hem nog nodig. Hij ging voor de tweede keer met pensioen.

Lol

Het regende zo verschrikkelijk in het tropisch paradijs waar ik mijn vakantie doorbracht, dat ik het terrein van het appartementencomplex niet af kwam. Mismoedig sjokte ik naar de bar om een exotische cocktail te bestellen. Daar bleek het verrassend gezellig. Er klonk vrolijke muziek en jonge meiden dansten met elkaar en met de palen van de overkapping. Niet met de mannen. Die keken toe. Ik schoof aan bij een groepje toeschouwers.

'Moeten jullie niet dansen?' vroeg ik.

Twee van hen slopen snel weg. Ze hadden dansangst. Voor geen prijs wilden ze met hun broek staan schudden tegenover een meid die haar heupen kon laten wervelen als palmbladeren in de wind.

De andere mannen deden net of ze me niet hadden gehoord. Alleen een van hen keek mij aan.

'Ik heb al een meisje,' verklaarde hij, 'en ik hoef geen stewardess.'

Ik keek naar de dansende meiden.

'Zijn dat stewardessen?'

Hij knikte.

'Ze hebben lol. Ze hebben altijd lol en soms vragen ze je mee uit eten. Dan moet je de hele avond grappen maken. Daar ben ik niet voor in de stemming.'

Ik bestelde een Sweetheart's Delight en nam een voorzichtig teugje. Mierzoet.

'Wat is er met je?' vroeg ik.

'Mijn meisje en ik zitten in een dip.'

Ik wachtte af.

'We zijn al negen jaar met elkaar. Over de meeste dingen zijn we het eens. We willen allebei géén kinderen, we zijn gek op sport en op dieren, we laten elkaar vrij om met onze vrienden uit te gaan en we stellen elkaar geen vragen waar we het antwoord niet op willen horen. Dat is toch goed?'

Ik maakte een instemmend geluid.

'Ik ga niet met andere vrouwen, want ik vind niemand leuker dan haar. Maar ik wil wel stappen. Stappen tot het 's ochtends licht wordt.'

'Wat ga je dan doen?'

'Ik hou van dansfeesten, met een pilletje op. Dan drink ik de hele nacht spa blauw en ik dans. Dan wel. Om zeven uur 's ochtends kom ik thuis. Zij staat dan net op het punt om te gaan hardlopen en ze is boos.'

'Al negen jaar?'

'Nee, de laatste tijd. Ze vond het vroeger allemaal best wat ik deed, maar nu zegt ze dat ze liever een man heeft die thuisblijft.'

Ik schudde afkeurend mijn hoofd.

Je moet nooit tegen een man zeggen dat hij thuis moet blijven. Hij heeft er de verkeerde gedachten bij. Voor hem is het net of zijn moeder hem roept om andijvie te komen eten.

Vrouwen denken dat het stikgezellig wordt als je samen op de sofa zit. Je kunt nog eens een gesprek voeren of eensgezind naar de televisie kijken. Je vertelt elkaar wat je die dag hebt beleefd. Door de verbondenheid krijgt zij ook zin om te vrijen. Als dat niet genoeg reden is om lekker thuis te blijven!

Maar een man heeft het gevoel dat hij op de sofa iets belangrijks mist. Hij wil wel thuiskomen, maar liever na gedane zaken. Als hij zeker is dat er niets meer gebeurt in de wereld, waar hij bij had moeten zijn. Als er geen andere kerels staan te pronken, die hij op hun plaats had moeten zetten. Als hij voldoende heeft laten weten wat hij van de voetbalwedstrijd vond.

De enige manier om een man naar huis te lokken is door hem het idee te geven dat dáár iets gebeurt dat hij niet graag zou missen. Dat gaat niet lukken met een kopje thee.

'Hoe moet dat nu?' vroeg ik.

Hij maakte een hulpeloos gebaar.

'Ik weet het niet. Doordat we steeds ruzie hebben, wil ik helemaal niet meer naar huis. Ik blijf steeds langer weg.'

'Wat doe je trouwens hier? Waar is je vriendin?'

'Die is al terug naar Nederland. We kregen zo'n bonje, dat ze weg wilde. Ze heeft haar vlucht omgeboekt en nu zit ze thuis, in de kou. We sms'en wel.'

Op hetzelfde moment gaf zijn telefoon een signaal. Hij pakte hem op en verdiepte zich in zijn berichten.

Lang geleden heb ik een cursus psychodrama gevolgd. Ik weet niet of die techniek nog steeds in gebruik is in de groepstherapie.

Het gaat zo: de persoon die aan de beurt is om zijn probleem te bespreken, mag een tafereel opvoeren, bijvoorbeeld: mijn vrouw begrijpt mij niet. Een van de groepsleden speelt de echtgenote. De hoofdpersoon gaat tegenover haar zitten en zegt: 'Je begrijpt me niet.'

'Ja maar,' zegt de vrouw, 'jij begrijpt mij ook niet.'

Dan gaat een groepslid achter de man staan en zegt: 'Ik verlang zo naar liefde.' De man kijkt op en protesteert: 'Nee zo is het niet, ik verlang zo naar vrijheid.'

'Goed zo!' komt de therapeut die de regie heeft, tussenbeide, 'nu spreek je je ware gevoel uit!'

De vrouw krijgt ook iemand achter zich die denkt dat hij of zij beter weet welk gevoel er achter de gesproken woorden ligt en zo worden de geheime emoties duidelijk.

Ik denk dat de vrouw die de sms'jes stuurt misschien inmiddels kinderen wil. Dat zou ik zeker eens naar voren brengen als ik psychodramatisch achter haar stond.

Ze is zesendertig. Wat vijf jaar geleden nog voelde als vrij en avontuurlijk, ziet er een paar jaar voor de onvruchtbaarheid intreedt uit als een gemiste kans.

Een vrouw die overweegt of ze kinderen wil, ziet geen kwijlende baby voor zich of een jengelend kind. Ze ziet zichzelf, tien jaar ouder en ze vraagt zich af of ze tegen die tijd iemands moeder zal zijn. Daar hoeven mannen lang niet zo ernstig over na te denken. Ze hebben vijftien jaar langer tijd om te twijfelen en dan kunnen ze nog altijd aanschuiven als hulpsinterklaas. Er zijn beduidend meer eenoudergezinnen waar de vader ontbreekt dan andersom.

Ik bekeek de gedreven stapper. Zou hij een geschikte vader zijn? Hij leek mij tamelijk stabiel, lang niet zo rusteloos als hij zichzelf beschreef.

Ingespannen tuurde hij naar het schermpje van zijn telefoon en zag niet dat er inmiddels een mooie stewardess in zijn buurt stond te dansen. Ze had een jurk aan met een stervormig borduursel dat het licht weerkaatste. Ze leek een juweel dat speciaal voor hem schitterde. Hij zag niets.

Ik glimlachte naar het meisje en maakte een bewonderend gebaar. Ze hield op met dansen en kwam naar me toe.

'Zullen we op de bar gaan staan?' stelde ze voor.

'Welja!' riep ik gretig en ik volgde haar.

Even later stond ik boven op de bar te dansen met een prachtige stewardess. Ik ben niemand zijn moeder en tot nu toe heb ik lol.

Buiten wonen

Toen mijn moeder oud werd, kon ze steeds moeilijker op namen komen. 'Hoe heet ie ook alweer?' vroeg ze telkens. Later waren het niet alleen de namen, maar ook woorden die haar ontschoten, en op den duur leken onze gesprekken op een duet. Zij bepaalde de melodie, ik vulde de tekst in. Daar ben ik erg goed in geworden. Wanneer iemand even aarzelt voor hij verder spreekt, klinkt mijn stem al uit het souffleurshok. Soms verbeter ik de spreker.

''s Winters zie je in de weide vaak de krasvogel,' vertelde een natuurliefhebber, 'die lijkt precies op de koperwiek.'

'De kramsvogel,' corrigeerde ik.

Hij keek me beduusd aan. 'Inderdaad, de kramsvogel. Hoe kwam ik nou op krasvogel?'

Vanaf dit incident ga ik door voor vogelkenner, wat ik volstrekt niet ben. Ik kende de naam kramsvogel doordat ik vroeger een stadse verloofde had, die op het platteland was gaan wonen en het daar onmiddellijk op een vogelkennen had gezet. Hij vertelde mij de namen van wat er zoal rondvloog.

Het was mijn eerste kennismaking met de ornithologie. Thuis had ik niks geleerd. Mijn ouders waren Amsterdammers. Zoals natuurliefhebbers geanimeerd over de roofvogelstand kunnen praten of over het oranjetipje dat je niet meer ziet wanneer de pinksterbloemen bloeien, zo praatten zij over het Waterlooplein, dat helemaal veranderd was, en over het parkeerprobleem in het centrum. Hun huis stond in Scheveningen, maar hun hoofd woonde nog in Amsterdam en niet aan zee.

'Lekker dat je zo buiten bent opgegroeid!' zei iemand eens tegen mij. Bij die woorden keek ik stomverbaasd op, want zo had ik nog nooit tegen Scheveningen aangekeken. Wij gingen alleen naar het strand als het mooi weer was. In de winter hadden mijn ouders er niks te zoeken en aan wandelen in de duinen deden ze niet. Ik heb mijn hele jeugd lang niet geweten dat de zee ook bij de natuur hoort.

De plattelandsverloofde leerde mij niet alleen vogelnamen maar ook die van vlinders, bomen en planten. Ik kan tegenwoordig vertellen wat fluitekruid is en hoe lisdodden eruitzien, ik kan de grote vos van de atalanta onderscheiden.

Maar toen iemand mij laatst een buitenmens noemde, heb ik toch tegengesproken. Ik moet er niet aan denken dat ik een huisje in de modder zou hebben, waar geen winkels zijn en geen cafés. Dat hoeft ook niet. Er is genoeg natuur in de stad.

Dat weten buitenmensen niet. Zij denken dat de vogels rechtsomkeert maken als ze de bebouwde kom naderen. Ze zijn ervan overtuigd dat alleen op het platteland echte stilte heerst. Ze vergissen zich. Het is buiten een enorme herrie. Op de weiden rijden trekkers rond met ploegen, gierwagens, maaimachines, schudmachines en apparaten die het hooi oprollen. Ze zijn van het voorjaar tot in de late zomer in bedrijf, want met één keer zaaien en maaien komt de boer niet toe. Door al die onrust slaan de vogels op de vlucht. Ze gaan naar een plek waar ze ongestoord kunnen broeden: in de stad.

In het nieuwbouwcomplex waar ik woon, vliegen in de lente gierzwaluwen rond, op zoek naar een broedplaats. Die kan ik hen bieden. Ik heb maar liefst drie gierzwaluwnestkasten hangen, die ik van de beheerder van de flat heb gekregen. Hij leverde er ook nog een geluidsinstallatie bij en een cd'tje met geluiden waardoor gierzwaluwen worden aangelokt. En inderdaad kwamen ze luisteren, maar daar bleef het bij. Na het zingen gingen ze de kerk uit.

Ik hoopte inmiddels op andere vogels en warempel streek op een dag een ekster neer op mijn balkon en na verloop van tijd een Vlaamse gaai.

'Roofvogels,' oordeelde een kennis die geregeld de meest zeldzame zangvogeltjes in zijn achtertuin waarneemt.

'Als je mooie vogels wilt aanlokken, moet je voedsel ophangen.'

Hij leerde mij hoe je zelf een vetbol kunt maken door ossenwit te smelten en er zaden door te roeren. Ik kocht een paar zakken duivenvoer en een doos frituurvet, ging aan het werk en aan het eind van de middag hingen er vier voedselbollen op mijn terras. Al gauw kwamen de mezen. Ze kondigden hun komst aan met vrolijk getwieter en stortten zich op de rijk gedekte tafel. Ik belde onmiddellijk met mijn vogelvriend.

'Ik heb mezen!' meldde ik trots.

Twee dagen later belde ik hem opnieuw: 'Ik heb muizen.'

Het scheelde maar één klinker.

'Ophouden met voeren,' was zijn onverbiddelijk advies. De mezen lieten zich niet meer zien. De muizen wel. Als je er één ziet, heb je er twintig, heb ik wel eens gehoord. Ik had er die ochtend zeven geteld.

'Jij zou buiten moeten wonen,' vond de vogelvriend.

'Buiten wonen is niet goed voor mij,' weerlegde ik, 'ik zou omkomen in de geiten en de kippen en nooit meer iemand zien.'

'Bij ons op het dorp hebben ze een buurthuis,' zei hij, 'daar komen veel mensen, want we hebben een druk verenigingsleven.'

'Brrrr,' zei ik, want ik ken die buurthuizen wel. Ik kom er geregeld, niet als verenigingslid, maar als spreker. Ik vind het aan het eind van de avond nooit jammer dat ik niet mag blijven. Want vogels mogen het uitstekend doen in de stad, stadsmensen horen niet op het platteland. Ze gaan er raar van doen.

Ik heb nogal wat kennissen die in Frankrijk zijn gaan wonen. Ze hebben zonder uitzondering schitterende huizen of huisjes gekocht, met een rustieke rozenstruik die tegen de gevel groeit, en een oude kastanjeboom die precies genoeg schaduw geeft boven het picknickterras. In het begin zijn de bewoners zielsgelukkig. Ze eten stokbrood met Franse kaas, ze leren Frans, zodat ze met de buren kunnen keuvelen. Na verloop van tijd verstaan ze ook Frans. Dan horen ze dat de buren het vaak over Algerijnen hebben, die volgens hen niet deugen, dat ze steeds dezelfde grappen maken en dat ze een hekel hebben aan al die Nederlanders die huizen kopen in Frankrijk.

'Dat gaat om Nederlanders die daar een tweede huis

hebben,' protesteerden twee kennissen van mij, die inmiddels acht jaar in Frankrijk wonen, 'wij zijn echte Fransen geworden.'

Ik zei niks terug, want ik wilde hen niet beledigen, maar de waarheid is, dat zij nog veel gekker zijn geworden van al dat buitenwonen, dan al die tweede-huisbezitters.

In het begin ging het nog wel. Ze genoten van het klimaat, ze maakten jam van de opbrengst van de frambozenstruiken. In de zomer ontvingen ze gasten en lieten met trots zien hoe goed ze het hadden. Maar na een paar zomers begonnen ze tegen al die visite op te zien. 'Dat zit hier maar te schransen!' klaagden ze, 'en even meehelpen met snoeien en wieden is te veel gevraagd! We-hebben-vakantie, zeggen ze en dan gaan ze een boekie zitten lezen. Al onze gasten zeggen hetzelfde: we-hebben-vakantie en we-willen-een-boekie-lezen.'

Inmiddels hebben ze alle gasten de deur uitgekeken. Als ze jam maken, geven ze nog geen potje weg aan een ander en het enige waar ze nog belangstelling voor hebben is het verenigingsleven in de gemeenschapszaal, die ieder Frans dorp heeft.

En voor de natuur, vanzelfsprekend, vooral voor de vogels. Maar die heten niet langer koolmees en vink. 'Wij hebben de mésange gezien,' schreven ze laatst, 'en de pinson.'

Ik heb opgezocht wat muizen zijn in het Frans: souris. Sores, dat scheelt ook maar één klinker.

Roddelen

Ik kwam een collega tegen, in de supermarkt. Ze schrijft scenario's. We wonen in dezelfde buurt maar we spreken elkaar niet vaak. Bij de ontbijtgranen bleven we staan en namen in een hoog tempo alle nieuwtjes door: de literaire prijzen, de hoon van oude schrijvers voor alles en iedereen die na hen is geboren, de publieke omroep die alle goede radioprogramma's afschaft, het liefdesleven van alle collega's voor zover wij op de hoogte waren.

'En hoe gaat het met Je-weet-wel?' vroeg ik.

Mijn collega boog zich samenzweerderig naar mij over.

'Even roddelen,' kondigde ze aan.

Ik schoot in de lach. 'Wat waren we dan daarnet aan het doen?' vroeg ik.

Ze protesteerde verontwaardigd.

'Dat was geen roddel! Dat was bijpraten. Roddelen is kwaadspreken.'

'O ja,' gaf ik toe. Ik wilde haar vooral niet ontmoedigen.

Over Je-weet-wel vertelde ze, dat zijn vrouw hem de huiselijke omgang had verboden, omdat hij zich met van alles bemoeide, maar zelf niets bijdroeg aan de gezelligheid. Hij is nogal driftig van aard, vooral wanneer het niet zo wil lukken met de literatuur.

‘Kan Papa niet weg?’ had zijn jongste dochter gevraagd.

‘Echt weg is een beetje moeilijk,’ zei haar moeder, ‘maar ik zal zien wat ik kan doen.’

Sindsdien mag Je-weet-wel niet meer in de huiskamer komen voordat het avondeten is opgediend. En direct na het journaal moet hij terug naar zijn werkkamer.

‘Hij vind het zelf niet zo erg,’ vertelde mijn collega, ‘hij zegt dat hij nu beter opschiet met zijn boek. Je weet wel, dat boek over zijn vader waar hij nu al vijf jaar mee bezig is.’

Ze nam een pak muesli van het schap en legde het in haar boodschappenkar.

‘Ik moet aan het werk,’ zei ze spijtig.

‘Ik ook,’ zei ik, ‘bewaar de verhalen voor me!’

‘Allemaal roddel en achterklap!’ riep ze nog, terwijl ze op weg ging naar de kassa.

Het kan mij niks schelen of roddelen een kwalijke bezigheid is of niet. Ik vind het enig, bovendien is het nuttig. Door je mening aan die van een ander te toetsen, kom je tot een dieper inzicht. Een roddelgenoot weet nog wel eens een detail waar je niet van op de hoogte was en twee rechters zijn rechtvaardiger dan één.

Het is ook handiger om je ergernis met een buitenstaander uit te leven dan met degene om wie het gaat. Die is vermoedelijk toch niet bij machte zijn leven te beteren.

Ik heb een jeugdvriend die met een vreselijke vrouw samenwoont. Hij is een beetje weerloos, dat is zijn charme, maar dat hij zich zo laat overheersen door dat loeder van hem, vinden zijn hele familie en vriendenkring onverdraaglijk.

'Moet je horen wat er nu weer is gebeurd!' begint vrijwel ieder gesprek dat wij over hem hebben. Hijzelf is niet te redden. In het verleden zijn er wel mensen geweest die hebben geprobeerd hem te benaderen om onze bezorgdheid mee te delen, maar hij bleek niet ontvankelijk.

'Misschien houdt hij echt van haar,' opperde een gemeenschappelijke vriend weifelend.

'Welnee, hij is gewoon bang!' vinden anderen.

En dan bespreken we weer hoe het zich allemaal zo heeft kunnen ontwikkelen.

Toen zij hem leerde kennen, was hij net ontslagen als liefdespartner door het meisje met wie hij had willen trouwen. Hij raakte aan de drank, ging niet meer naar zijn werk en was volstrekt stuurloos. Deze vrouw troostte hem, nam hem zijn fles af en heeft hem vervolgens tussen haar kaken gegrepen om hem niet meer los te laten. Dat vindt hij lekker veilig, maar wij krijgen hem nooit meer te spreken zonder dat Cerbera er naast zit.

Doordat wij onderling over de arme man kunnen roddelen, hoeven we hem verder niet lastig te vallen met onze mening. Hij wil toch niet bij haar weg. En na een half uur vergaderen over hoe erg zij is, voelen we ons opgelucht en kunnen we hem weer onbevangen tegemoet treden. Het is zelfs een beetje leuk, want als er weer iets Ergs voorvalt, is er een aanleiding om een nieuwe belronde te maken. 'Had ik je verteld dat ik Dinges weer heb gesproken?'

'Nee!' is het gretige antwoord, 'vertel eens, hoe gaat het nu?'

Misschien ben ik wel zo dol op roddelen doordat ik geen vaste betrekking heb. Ik kom aanspraak te kort. Op de Nederlandse werkvloer worden de hele dag nieuwtjes uitgewisseld.

Ik heb geen werkvloer, ik zit thuis.

Op de Nacht van de Filosofie heb ik een schrijver eens op het podium over dat onderwerp horen spreken.

'Schrijvers zijn eenzaam,' verklaarde hij ernstig, 'ze zien maar weinig mensen, want hun bedrijf vereist afzondering. Ze hebben wel collega's maar die zien ze zelden, omdat die ook in eenzaamheid hun werk doen.'

Ik zat in de zaal en luisterde met een al even plechtig gezicht, want ik vond het een indrukwekkende uitspraak. Hij is alleen niet waar.

Ik ben helemaal niet eenzaam en voor zover ik weet zijn andere schrijvers dat ook niet, behalve als ze een ontoegankelijk karakter hebben, zodat andere mensen hen mijden.

Op diezelfde avond van bezinning zag ik collega Palmen stralend rondzwieren en ook collega Grünberg genoot van de aandacht die hem ten deel viel. Iedereen keek naar hem en fluisterde zijn naam. Zoveel belangstelling beleven reguliere werknemers meestal pas na vijfentwintig jaar trouwe dienst of wanneer ze begraven worden.

Maar in één opzicht gaf ik de spreker gelijk: ik ontmoet mijn collega's maar zelden en dat is jammer. Ik zou daarom graag naar kantoor gaan. Ik heb een romantische voorstelling van kantoren. Ik denk dat het daar stikgezellig is. In mijn verbeelding kom je er 's ochtends binnen, trek je je natte jas uit en begin je over het weer. Dan is er koffie of thee en een krant die je even inkijkt. Een voor een komen de anderen binnen en vertellen wat zij hebben meegemaakt. Dan ga je naar de e-mail kijken en je stuurt een berichtje aan de collega die twee bureaus verderop zit. Hij kijkt grinnikend op. Dan komt een kwibus van de afdeling boekhouding met een vraag over facturen. Je flirt met de systeembeheerder. Hij belooft dat hij langs zal komen om speciale aandacht aan je problemen te geven. De collega aan het bureau tegenover je doet haar mond open om iets te zeggen, bedenkt zich en geeft een heimelijk teken: ik vertel het je straks wel. Bij de koffieautomaat of bij de kopieermachine komt ze met het verhaal dat ze zoeven niet in het openbaar wilde vertellen. En dat vervolgens wel het hele kantoor doorgaat.

'Je bent niet wijs,' zei een kennis die op een grote redactie werkt, 'bij ons op de afdeling wordt gewoon gewerkt, niet geroddeld en een collega is heus iets anders dan een vriendin.'

Maar ik ben niet van mijn kantoorfantasieën af te brengen en onlangs kreeg ik steun uit een onverwachte hoek, namelijk de wetenschap.

Er is een internationaal vergelijkend onderzoek gedaan naar de gevolgen van achterklap op de werkvloer. Uit de resultaten bleek dat in Nederland verschrikkelijk wordt geroddeld. Wij staan op de derde plaats wat betreft kwaadspreken. Alleen de Engelsen en de Fransen waren erger. Roddelen heeft economische gevolgen. Bedrijven met een levendige roddelcultuur dalen gemiddeld acht dollar in aandelenwaarde, terwijl ondernemingen waar weinig geruchten rondgaan juist zeven dollar stijgen.

Het schijnt aan de samenwerking te liggen. Waar veel kwaad wordt gesproken, heerst minder vertrouwen. Bovendien zijn mensen die staan te kwebbelen niet aan het werk.

De werkvloer heeft niet alleen een economische, maar wel degelijk ook een sociale functie, en zelfs de liefde schijnt er welig te tieren. Professor Iteke Weeda heeft een onderzoek gedaan waaruit bleek dat juist in tijden van economische recessie veel werknemers verliefd op elkaar worden. Als mensen onzeker zijn over het voortbestaan van het bedrijf waar ze werken, van de maatschappelijke welvaart en van hun vooruitzichten, staan ze open voor troost en bemoediging.

'Emotionele uitspattingen treden op wanneer mensen onder druk staan,' zegt professor Weeda, 'verliefdheid kan een gemis, kwetsbaarheid of onzekerheid wegnemen.'

Ik had die theorie al eerder gehoord, in een iets andere vorm: in tijden van gevaar worden de mensen ook verliefd. Een onderzoeker heeft eens een parcours ontworpen met een enge touwbrug waar proefpersonen elkaar overheen moesten helpen. Twee weken voor het experiment hadden de deelnemers kennis met elkaar gemaakt en aan de hand van een vragenlijst gezegd wat ze van elkaar vonden. Na het parcours moesten ze opnieuw opschrijven hoe de verstandhouding was. Die was plotseling veel inniger en er was zelfs sprake van betovering.

Nu wil het toeval dat ik ook eens over een touwbrug ben geholpen, door een collega die, net als ik, meedeed met een overlevingsweekend dat ons werd aangeboden door een reclamebureau. Ik kan me volstrekt niet herinneren waarom ik daar was, maar de naam van die man staat me nog precies bij: Willem Buitenweg, journalist.

Een paar weken geleden belde hij me. Het was meer dan tien jaar geleden dat ik hem had ontmoet.

'Jij weet niet meer wie ik ben...' begon hij, maar ik onderbrak hem.

'Ik weet het nog precies!' riep ik uit. 'Jij bent Willem, van de touwbrug!'

En mijn hart sprong op.

We wisselden alle wetenswaardigheden uit die we maar konden bedenken en toen hadden we het ineens over Je-weet-wel. Die bleek hij ook te kennen en hij wist zelfs het laatste nieuws.

Hij mocht weer in de huiskamer komen van de familie. Ze hadden hem gemist. Doordat hij op zijn kamer niemand tot last zat te wezen, deed hij niets verkeerd. Ze hadden niemand om over te roddelen.

De jungle

Er stond een uitnodiging op de voicemail: 'Ga je weer eens mee naar een parenclub?'

Ik luisterde verrast. Ik had de man die het bericht had ingesproken in geen jaren meer gezien, vijf jaar om precies te zijn. Zo lang was het geleden dat ik in een parenclub was. Ik doe niet meer aan openbare erotiek, want ik heb vaste verkering en die verloofde houd ik liever voor mijzelf.

In de tijd dat ik de man van de voicemail ontmoette, was ik anderhalf jaar vrijgezel. In die periode ging ik wel eens naar bijeenkomsten waar de vrije liefde werd bedreven.

Een bezoek aan een parenclub klinkt frivoler dan het is. Het gaat er overwegend bedaard toe. Het toegangsbeleid is tamelijk streng. Alleen tweetallen zijn welkom. De ruimte is strikt verdeeld in graden van intimiteit. Aan de bar wordt beschaafd gepraat, in de danszaal gedanst en in de kamers waar seks wordt bedreven gelden strakke gedragsregels. Je mag niets ondernemen waar een ander niet van gediend is. Voor de avond begint, precies om elf uur, zitten de mensen aan de bar te wachten. Dan worden de tekens uitgelegd. Een opgeheven hand betekent ga weg of dit wil ik niet en dient gerespecteerd te worden, op straffe van verwijdering uit het paradijs. Na het voorwoord gaat iedereen naar de kleedkamer om lingerie of badkleding aan te trekken. De kleedkamers zijn gescheiden. Wat dat betreft lijkt een parenclub wel een zwembad.

Ik vond de openbare liefde destijds een uitkomst. Het is voor vrouwen niet zo eenvoudig om voor het plezier met iemand te vrijen, zonder ander oogmerk dan lichamelijke nieuwsgierigheid. Vriendelijke mannen willen niet met een vreemde mevrouw mee en mannen die dat juist wel willen zijn vaak niet aardig. Ze voelen zich de bink omdat ze denken dat ze een onverbiddelijke verovering gemaakt hebben. Die lol gunde ik ze niet en zo kon het gebeuren dat ik lang niemand had voor de seks.

De man die op mijn voicemail stond heb ik destijds in een parenclub ontmoet. Hij was aardig en stelde geen vragen die de erotische spanning teniet zouden doen. Bovendien was hij bedreven in de ayurvedische massage.

In de parenclub was geen gelegenheid voor een uitgebreide behandeling met warme olie en veel handdoeken.

'Zullen we een keer buiten afspreken?' vroeg hij toen. Met buiten bedoelde hij de verre wereld waar mensen eerst een avond uit eten gaan of naar de bioscoop voor ze hun ondergoed uittrekken. Ik stemde toe.

'Ik ga je verrassen,' beloofde hij.

Op de afgesproken zaterdagmiddag ontmoette ik hem in een café. Op het eerste gezicht herkende ik hem niet. Hij was wat kaler dan ik mij herinnerde en niet zo zelfverzekerd.

'We gaan eerst boodschappen doen,' kondigde hij aan.

Ik had geen idee waar we heen gingen.

'Het eerste gedeelte moeten we lopen,' zei hij met een blik op mijn sandalen.

We gingen een winkelpromenade op. Bij de drogist bleef hij staan.

'Hier verkopen ze ayurvedische massageolie,' zei hij.

Na de boodschappen, namen we een bus naar de parkeerplaats waar zijn auto stond.

Het hotel waar hij mij mee naartoe nam, lag langs de snelweg, een populaire uitspanning waar vertegenwoordigers een uitsmijter komen eten en waar oude echtparen dineren, omdat er geen knoflook in de bloemkoolsaus zit.

'We nemen een themakamer,' zei de man.

'Wat is een themakamer?' vroeg ik.

Hij zweeg even. 'Dat zul je zo dadelijk wel zien. Ik moet even iets voorbereiden.'

Ik ging aan een tafeltje in het restaurant zitten om thee te drinken, terwijl hij bezig was.

Het was het eind van de lunchtijd. De borden werden afgeruimd, de obers liepen met gefronste wenkbrauwen op te schieten.

Na een minuut of twintig verscheen mijn minnaar weer. Hij was een beetje zenuwachtig. Ik volgde hem naar de lift.

De kamer waar wij ons herdersuur zouden doorbrengen, had de wildernis als thema. Op de muur stonden palmen afgebeeld en apen die zich aan lianen door een oerwoud slingerden. Er zat ook een toekan op een tak.

De sprei van het bed had een giraffenmotief en over de fauteuil was een polyester pantervel gedrapeerd. In de deuropening deinsde ik even terug. Op zoveel decor had ik niet gerekend.

'Zullen we in bad gaan?' vroeg de man.

Ik knikte.

Het bad was al volgelopen en dampte. Het water rook naar patchouliolie. Langs de rand en om de wastafels heen stonden waxinelichtjes te branden.

'Wacht, ik vergeet de muziek!' riep de man en haastte zich de kamer in om zijn audioset te halen.

Na het bad mocht ik op bed gaan liggen terwijl hij de olie verwarmde.

'Hè, wat jammer,' hoorde ik hem mompelen, 'nu heb ik toch nog iets vergeten.'

Wat het was verstond ik niet. Ik gluurde over mijn schouder en zag hem verwoed in een gebloemde toilettas rommelen. Ik kneep mijn ogen dicht en probeerde mij te concentreren op wat komen ging.

Later, toen ik het verhaal eens aan een vriendin vertelde, hoorde ik dat veel clandestiene paren gebruik maken van datzelfde motel. Zij was er ook vaak geweest met een schaduwverloofde. Ze namen altijd een gewone kamer, maar wel een met een groot, rond bad.

Ik was nogal onthutst dat zo'n beschaafd hotel deel uitmaakt van het slechte pad.

'Dat je dat niet wist,' lachte zij, 'heel Nederland staat vol discrete hotels, wat zeg ik? De hele wereld!'

Ze bleek gelijk te hebben.

Een vriend van mij werkt achter de ontvangstbalie van een hotel in Amsterdam, een keurige zaak waar nette mensen logeren.

'Maar als een man en een vrouw 's middags om een uur of twee inchecken, vertel ik maar niet dat het ontbijt 's ochtends van zeven tot tien is,' zei hij.

Ik heb in het verleden een paar keer in hotels gelogeerd waar uitsluitend geliefden komen om zich in het geniep te goed te doen aan elkaar. Ik was met mijn eigen man. We konden nergens in de stad een kamer krijgen en belandden tot twee keer toe in een dergelijk hotel. De ene keer overkwam het ons in Luik, de andere keer in Brussel. Het waren vieze kamers. Er lag stof en de sprei die op het Brusselse bed lag had vlekken. Die in Luik was hoogpolig, maar in plaats van lange zachte haren had de sprei stekels. Het liefdesvocht was erin gaan zitten.

'Dat is wel héél armoedig,' zei de receptionist met een vies gezicht, 'de meeste hotels die gelegenheid bieden zijn netjes en een beetje onpersoonlijk. Dat is het plezierigst.'

Ik dacht aan de themakamer en aan Japan. In Japan wordt veel geld verdiend met hotelkamers die door geliefden worden gebruikt.

Ze heten love hotels en ze zijn zo populair dat de uitbaters van gekkigheid niet weten wat ze moeten doen om elkaar te overtreffen in originaliteit. De kamers zijn uitgerust met een draaiend bed, een seksstoel, een bamboe badmat die voorkomt dat je uitglijdt terwijl je samen spartelt, met massageapparatuur of een karaokeset. Er zijn ook themakamers. Geen namaakwildernis, maar serieuze sm-kamers met zwepen, handboeien en een wandrek. Of kinderachtige kamers, in Hello Kitty-roze. Japanners schijnen de verboden kinderliefde opwindend te vinden. Wanneer een volwassen vrouw een donkerblauw schooluniform aantrekt met een witte onderbroek, gaan heel wat Japanse mannen stamelen van opwinding.

Daar kun je op neerkijken, maar ik geloof dat Nederlandse mannen graag verpleegsters zien en Engelsen schooljuffrouwen wanneer ze de seks uit de verkleedkist halen.

Maar verhitter nog dan de liefdesdans van de Japanse paren die de hotels bezoeken is de concurrentiestrijd tussen de managers. Er schijnen meer dan 17 000 liefdeshotels te zijn die met elkaar de aandacht van 99 000 000 potentiële klanten moeten trekken.

Op een dag waait de Japanse mode misschien over uit het verre oosten en is het gedaan met de ingetogen parenclubs in Nederland. Dan zal ik weemoedig terugdenken aan de nylon pantersprei en aan de beleefde gesprekken aan de bar in Partnerclub Sylvia.

Ik stond daar eens te praten met een flamboyante travestiet.

'Je moet wat calendulazalf op je huid smeren,' raadde hij aan terwijl hij naar mijn bikinilijn wees, 'dan krijg je geen rode vlekken.'

Ik volg dat advies nog steeds op en het helpt inderdaad. Mijn bikinilijn is onberispelijk maar niet langer in het openbaar te zien. Ik heb de voicemailman niet teruggebeld.

Hormonen

Ik had een kater. Dat kwam natuurlijk door de drank, maar dat zei ik niet. Ik beweerde dat het aan de hormonen lag, aan de overgang. Niemand sprak me tegen. Het zou ook best waar kunnen zijn. Ik heb eens gelezen dat vrouwen, tegen de tijd dat de menstruatie in aantocht is of wanneer er een andere verandering in hun hormoonhuishouding plaatsvindt, gevoeliger worden voor alcohol. Dan zijn ze soms na één glas al dronken.

Mannen hebben dat niet. Ze zijn wel aan hormoonschommelingen onderhevig, maar die dienen zich veel minder heftig aan dan bij vrouwen.

De hormoonspiegels van vrouwen rijzen en dalen met de voorbereidingen voor een eventuele bevruchting. Ze passen zich ook aan als er geregeld andere vrouwen in de buurt zijn. Vrouwen die iedere dag met elkaar werken, worden ongeveer allemaal tegelijk ongesteld.

Ik weet nog dat ik dat ontdekte. Ik gaf toen twee keer per week les op een school voor verpleegkundigen. Er werkten voornamelijk vrouwen. Op een dag kwam een van de collega's chagrijnig de koffiekamer binnen. Ze snauwde een groet en verontschuldigde zich direct: 'Sorry, ik moet ongesteld worden.'

'Ik ook!' riep een andere docent uit.

‘Ik ook!’ zei een derde, ‘maar dat is niets bijzonders. Wij zien elkaar elke dag.’

Ze begon te vertellen over de gelijktijdige cyclus van vrouwen, maar hield snel haar mond, toen een manlijke collega binnenkwam. Ze vond het kennelijk een onderwerp dat hem niets aanging. Achteraf vind ik dat jammer. Misschien had hij ons kunnen vertellen of hij zich bewust was dat hij onze cyclus wel degelijk meemaakte.

Ik las een poosje geleden een artikel in een wetenschappelijk tijdschrift over een onderzoek bij paaldanseressen. De vraag was of er een verschil in begeerlijkheid aan te tonen viel tussen paaldanseressen in verschillende stadia van hun cyclus. De onderzoeksgroep was verdeeld in drie categorieën: vrouwen die op het moment van het experiment een eisprong beleefden, danseressen die ongesteld waren en een controlegroep, die in het midden van hun cyclus verkeerde en de anticonceptiepil gebruikte, waardoor er geen eisprong plaatsvindt of geen menstruatie.

De uitkomst was overtuigend. Terwijl ovulerende danseressen vijfenzeventig keer per avond werden uitgenodigd op schoot van de manlijke toeschouwers te komen zitten, overkwam het meisjes die ongesteld waren maar veertig keer. De overige danseressen hadden een score die daar tussenin lag.

De meeste mannen weten niet dat ze gevoelig zijn voor de hormonale toestand van vrouwen. Ze denken dat ze altijd wel openstaan voor toenadering, zeker als het een mooie meid betreft.

Maar ook de mannen die niets van paaldanseressen moeten hebben en gelukkig zijn met hun eigen geliefde, reageren op haar hormonale berichten.

Wanneer er een ei rijpt in het vooronder van zijn vrouw, stijgt zijn testosteronspiegel, zodat hij meer animo krijgt voor de seks. Als zij zwanger is, maakt zijn lichaam prolactine aan. Dat is een hormoon dat zorgzaam gedrag oproept. Hij wordt erdoor geschikt gemaakt voor het vaderschap. Zo heeft de natuur dat ingericht. Zonder hormonen kwam er niets van de voortplanting terecht. Maar ze bemoeien zich ook met zaken waar ze niets mee te maken zouden moeten hebben.

Een psycholoog uit Groningen heeft onderzoek gedaan naar de werking van het antistresshormoon cortisol. Cortisol dempt de werking van adrenaline, de stof waar je zenuwachtig van wordt. Als er een aanleiding is om je druk te maken, vloeit er eerst adrenaline door het bloed. Om weer rustig te worden, maakt het lichaam cortisol aan.

Van die stoffen zie je aan de buitenkant niets, maar aan het gedrag van mensen merk je dat ze hun werk doen.

Er bestaat volgens de psycholoog een verschil tussen de manier waarop mannen en vrouwen hun spanningen laten afvloeien.

Sommige mannen gaan aan de slag. Ze gaan iets met een auto doen, met gereedschap in de schuur of achter de computer. Een probleem dat zich niet direct laat oplossen verdwijnt vanzelf naar de achtergrond wanneer hij iets anders omhanden heeft.

Er zijn ook mannen die dat niet kunnen. Die worden stil en somber. Vanbinnen woedt een orkaan van adrenaline en er is onvoldoende cortisol om die tot bedaren te brengen.

Vrouwen schijnen zich meer op de groep te gaan richten wanneer er iets verontrustends gebeurt. Ze gaan bellen met vriendinnen en zoeken elkaar op. Dat is geen nieuws, maar dat daarbij een hormoon vrijkomt wel!

Winkelen zou ook hormonaal aangestuurd gedrag zijn. Niet de dagelijkse boodschappen, maar het gretige winkelen, waarbij een vrouw op jacht gaat naar kleren of schoenen.

Ik zou dat soort beweringen graag afdoen als baarlijke onzin, want ik vind het idee dat ik door hormonen weerloos de winkel ingedreven word onverdraaglijk. Maar misschien is het zo. Het gebeurt mij wel eens, in tijden van grote drukte, dat ik een verlangen naar de Hema in mij voel opstaan.

'Wat zou ik graag nieuwe sokken uitzoeken,' denk ik dan, 'of een tefalpan!'

Wanneer die gedachte eenmaal heeft postgevat, wil ik ook nieuwe T-shirts en een blauwe rok. Het zijn de antistresshormonen, die mij dat vermoedelijk influisteren of de hormonen van de leeftijd.

Ik herken de drang bij andere vrouwen.

Ik ging eens met een vriendin naar Brugge. Wij genoten van de oude gebouwen, wij bezochten maar liefst vijf musea en toen begon het te regenen. Op een terras zitten was er niet meer bij. We besloten een warenhuis in te gaan.

Zodra we binnenstapten, leek het wel of we betoverd waren. We marcheerden van de ene afdeling naar de andere en overal pasten we truien, keurden we jurken, kozen we ondergoed en betastten we jassen, tot we moe maar voldaan weer naar buiten gingen, met maar één daadwerkelijke aankoop.

Het zou mooi zijn als de stijging van de spiegel van het winkelhormoon gepaard ging met een scherpe blik voor kwaliteit. Dat is vermoedelijk niet het geval. Ik ken veel vrouwen die in de periode die voorafgaat aan hun menstruatie hartstochtelijk aan het inkopen slaan en dan steevast met de verkeerde kleren thuiskomen. Ze kiezen een roze hemdje met spaghettibandjes waar hun dochter al te oud voor zou zijn, ze schaffen schoenen met hoge hakken aan waarvan ze weten dat ze er geen drie meter op kunnen lopen.

Behalve door winkeldrift kan ik onder invloed van hormonen ook bevangen raken door huishoudlust.

Dat is ook een bekend verschijnsel. Mijn moeder vertelde mij al dat het bestond. Zij lapte voor ze ongesteld moest worden de ramen, iets wat ze de rest van de maand verfoeide. Ik neem de plinten af en geef de kamerplanten pokon. Onlangs heb ik schoenen gepoetst. Toen ik daarmee klaar was, wilde ik de keukenkastjes gaan soppen, maar hield me nog net in.

'Dit is waanzin!' bedacht ik en ik ben toen al mijn vriendinnen gaan bellen. Dat hielp. Toen ik had opgehangen waren de hormonale golven gaan liggen en dobberde ik weer in een oceaan van rust.

Verkering

De kaasboer heeft verkering. Hijzelf ontkent het in alle toonaarden, maar zijn moeder, die op drukke dagen meehelpt achter de toonbank, zei dat de jonge vrouw die haar soms vervangt haar aanstaande schoondochter is.

'Helemaal niet,' protesteerde haar zoon, 'ik ga wel eens met haar uit, maar ik ben een vrije jongen.'

'Niks vrije jongen,' lachte zijn moeder, 'je bent in het voorjaar nog met haar wezen skiën.'

'Met haar en nog vier mensen!' weerlegde de kaasboer.

'Dat waren twee stellen,' zei zijn moeder nuchter, 'dus jullie waren met drie stellen.'

En toen ging ze maar weer gauw klanten helpen, voor er ruzie van kwam.

'Wanneer is het echt verkering?' vroeg ik aan de kaasboer, die een half pond Oude Leidse voor mij stond te snijden.

Hij trok een ontoegankelijk gezicht.

'Nou?' drong ik aan.

'Als je rekening met elkaar moet houden,' antwoordde hij onwillig, 'dat je almaar moet zeggen wanneer je thuiskomt.'

Hij hield op met snijden en zette zijn handen resoluut in zijn zij.

'Daarom heb ik dus geen verkering. Ik ga lekker mijn eigen gang, ik hoef aan niemand te vertellen waar ik naartoe ga en hoe laat ik thuis ben. En ik heb haar ook gezegd dat ze niet mag bellen.'

'Niet mag bellen?'

De kaasboer kwam nu echt op dreef. 'Daar heb ik zo'n hekel aan,' verklaarde hij nadrukkelijk, 'de gesprekken die mensen voeren als ze iets met elkaar hebben. Die gaan dus helemaal nergens over. Dat de loodgieter is geweest. Of dat ze op d'r werk zit. Of dat ze nog boodschappen moet doen. Dat interesseert mij niks. Dat wil ik helemaal niet weten!'

'Waar moet het dan over gaan?'

'Je moet niet bellen als je niks te zeggen hebt!' riep hij.

De andere klanten luisterden geboeid.

'Ik bel haar ook nooit. Alleen als we iets gaan afspreken, bel ik haar op. Dan zeg ik: ga je mee op die dag om zo laat en dan zegt zij oké en dan hangen we weer op.'

Ik dacht aan de telefoongesprekken die ik met mijn verloofde voer. Die gaan ook nergens over. We bellen elkaar een paar keer per dag en dan vertellen we wie we nog meer aan de telefoon hebben gehad. Soms maken we plannen voor het weekend. Al die plannen lijken op elkaar, dus zouden we met één zo'n gesprek een maand toe kunnen. Dat doen we niet. We spreken iets af, bevestigen het nog eens, vragen elkaar of het een goed plan is en dan zeggen we dat het een hartstikke leuk idee is. Voor het weekend. Ik zou het hem ook vertellen als de loodgieter was geweest. Het gebeurt maar zelden, maar als het nodig zou zijn dat er een loodgieter komt, is dat groot nieuws. Daar gaat toch tenminste een verstopping of een lekkage aan vooraf of een ander groot onheil. Ik zou me geen raad weten als ik die moeilijkheden niet met hem kon bespreken.

Verder piepen we maar wat, op niks af. We bellen niet om een zakelijke reden maar om te laten weten dat we aan elkaar denken.

Mijn beste vriendin heeft sinds kort een nieuwe verloofde. Ze is weduwe en had gezworen dat ze er niet meer aan zou beginnen, maar deze man is zo leuk dat ze weerloos was.

'Waar heb je hem ontmoet?' vroeg ik, maar ze had hem niet op zicht gekozen. Hij stond in een aanbieding op het internet. Zo krijgen wel meer mensen verkering. Het succes van de zoektocht naar verloofdes op het internet schijnt heel wat groter te zijn dan die via een advertentie in de krant of een ontmoeting in een café. Dat komt doordat je al het een en ander met elkaar hebt besproken voor je elkaar ziet. Mailen is het voorstadium van bellen.

Ze is erg verliefd op deze nieuwe man en daar heeft ze gelijk in, want hij doet alles goed, veel beter dan de kaasboer. Hij gaat mee op visite en mee naar het theater, hij koopt kleine cadeautjes voor haar. Maar dat is niet eens het allerbeste aan hem. 'Hij belt!' vertelde ze verrukt. 'Dat heeft nog nooit een man gedaan. Hij belt me op mijn werk, zomaar om even te kletsen, helemaal niet omdat er een dringende mededeling is.'

Ik keek de kaasboer aan.

'Vrouwen vinden het stikgezellig als je ze even belt,' zei ik uitdagend. Ik zag dat er een rode vlek in zijn hals verscheen, maar hij beheerste zich.

'Anders nog wat?' vroeg hij onbewogen.

Die vriendin van wie de kaasboer niet wil weten dat het zijn vriendin is, heeft nóg geluk dat ze niet echt met hem getrouwd is en niet met hem samenwoont. Want dan wordt zo'n oordeel over de kwaliteit van conversaties een bron van ellende.

Ik heb een collega die ik niet op de vaste lijn kan bellen omdat haar man altijd aanneemt en dan lelijk tegen mij doet. Hij vindt dat zij te veel aan de telefoon hangt. 'Allemaal wijvengesprekken,' is zijn meedogenloze mening. Vroeger ging hij overdag naar zijn werk en kon zij ongestoord telefoneren, maar sinds hij met pensioen is, heeft hij zichzelf aangesteld als waakhond. Ze mag alleen nog zakelijk bellen. De enige manier om haar te bereiken is met de sms. Ik moet haar een berichtje sturen dat ik haar wil spreken. Dan zorgt ze dat ze even alleen is. Dat komt hun liefdesrelatie niet ten goede en haar vriendschappen al helemaal niet.

'Doe maar een puntje brie,' zei ik tegen de kaasboer, 'en een half pond gemengde noten.'

Toen ik thuiskwam met de boodschappen, belde ik mijn verloofde en daarna mijn vriendin. Ik had een nieuwtje.

De rookvrije stad

Ik kreeg een e-mail van een oude kennis. Hij woont al jaren in het buitenland, maar nu was hij in Nederland en bood aan om langs te komen.

'Kom maar koffiedrinken,' nodigde ik uit.

Op het afgesproken uur belde hij aan. Hij was niet erg veranderd. Met de energieke voortvarendheid die ik mij van hem herinnerde, nam hij plaats aan de keukentafel en begon te vertellen wat hij van Nederland vond: te klein, te burgerlijk en te vol.

Die mening hoor je wel vaker van mensen die een poosje weg zijn geweest, dus knikte ik hem onverschillig toe en zette een beker koffie voor hem neer.

De oude kennis haalde een pakje sigaretten tevoorschijn en vroeg, terwijl hij zijn aansteker zocht: 'Mag ik hier roken?'

'Nee hoor,' antwoordde ik vriendelijk, 'dat doe je maar thuis.'

Hij trok een lelijk gezicht.

'Het mag nergens meer, in Nederland, geloof ik. Ik zag allerlei mensen op de stoep van hun kantoor staan roken. Hoe lang is dat al zo?'

'Ik heb geen idee,' zei ik, 'ik denk nooit na over roken.'

Het is niet waar. Rokers fascineren me. Ik lees alles over rookgedrag, ik kan mijn ogen niet van een roker afhouden en het liefst zou ik als een zeloot door de wereld trekken om alle rokers van hun verslaving af te helpen. Daar zit niemand op te wachten en het hoeft ook niet. De regering doet het werk. Eerst mocht er niet meer in openbare gebouwen worden gerookt, nu is het op iedere werkplek verboden. Rokers zijn verbannen naar de straat.

Ik tel altijd hoeveel werknemers er met sigaretten voor een gebouw staan. Bij mij op de hoek zijn het er meestal een stuk of vier, bij het belastingkantoor verderop de ene keer drie, de andere keer maar liefst zes of zeven. Daar maakt het misschien niet zo uit of de werknemers werken of roken.

Iemand heeft eens uitgerekend hoeveel tijd het kost om je jas te halen en naar buiten te lopen om een sigaret op te steken. De sigaret alleen al duurt een minuut of zeven. Bovendien is het buiten gezelliger dan binnen. Dus blijft iedereen nog even staan. Ik weet niet meer wat de uitkomst van de berekening was, maar aan een roker heeft een werkgever niet veel.

Mijn zus telt ook rokers. Daar hadden we het onlangs over.

'Ik kwam een poosje geleden langs een kantoor waar er maar één stond,' zei zij. 'Ik zeg nog: ben jij de laatste?'

Nergens staan zoveel rokers als bij ziekenhuizen, maar dat getal wordt vertekend doordat niet alleen de artsen en verpleegkundigen buiten staan te roken maar ook de patiënten.

'Jongens toch,' mompel ik hoofdschuddend wanneer ik die passeer, 'jullie hebben al zo'n broze gezondheid.'

Op de artsen en verpleegkundigen ben ik ronduit kwaad. Die zouden beter moeten weten.

Het is de kenmerkende geloofsijver van iemand die vroeger zelf heeft gerookt.

Ik heb vanaf mijn veertiende, vijftien jaar lang, meer dan een pakje per dag gerookt. Toen ben ik opgehouden. Er was een psychologiestudent die onderzoek deed naar hypnose. Hij zocht proefpersonen om te hypnotiseren en ik heb mij gemeld.

De student voerde de instructie niet zelf uit, het was een bandje dat door een tandarts was ingesproken. Dat werkte minder sterk dan een persoonlijke hypnose, maar voor de gelijkvormigheid van het onderzoek was het beter.

Ik was zo vastberaden dat de hypnose aansloeg. Het is nu bijna dertig jaar geleden en ik ben nog altijd blij dat ik niet meer hoef te roken.

De laatste tijd vertel ik weer vaak hoe ik destijds ben verlost. Sinds het rookverbod dat in de zomer van 2008 is ingetreden, gaan alle gesprekken in de cafés over sigaretten. Voor zover je een gesprek kunt voeren. Als je met een roker praat, moet hij steeds naar buiten.

Daar mag het nog, in Nederland.

Een poosje geleden las ik in het Nederlands Tijdschrift voor Geneeskunde dat in Calabasas, een stadje in Californië waar 23000 mensen wonen, een algemeen rookverbod is uitgevaardigd. Roken is niet alleen in de openbare ruimte verboden, maar ook buiten, in de open lucht. In Calabasas mag je nog alleen in je eigen huis een sigaret opsteken en in twintig procent van de hotelkamers, als die tenminste naar behoren zijn afgezonderd van de wereld. Er zijn ook parkeergarages waar het is toegestaan en op sommige plekken in winkelcentra. Als er geen zwembad in de buurt is en geen kinderspeelplaats, mag je in je eigen tuin roken. En wanneer je ergens bent waar niemand last van je kan hebben, wordt het oogluikend toegestaan, maar als je met iemand samen bent, mag het alleen als die ander het ook doet. Anders kan die persoon jou aangeven bij de gemeente, wat je op een boete van duizend dollar kan komen te staan en een gevangenisstraf van een paar jaar.

Ik moest onmiddellijk denken aan de Seniorenstad, die zich ook ergens in Californië bevindt. Daar hebben ze ook van de deugd een hel weten te maken. De bedoeling van Seniorenstad was dat er rust, reinheid en vrede zou heersen, maar de regelgeving is er zo streng dat het er wel een strafkamp lijkt. Vuilnis buiten zetten is er verboden, want vuilnisbakken ontsieren de omgeving. Houtvuurtjes zijn ook al tegen de wet. Dat is om de barbecuedrift aan banden te leggen, maar door het verbod op open vuur bleken open haarden ook niet langer toegestaan. In Seniorenstad zijn alle open haarden nep.

Het moet een vreselijk oord zijn, met verlaten straten en gladgeschoren gazons.

Maar het droevigste wat ik hoorde over Seniorenstad was dat het meest verkochte artikel in de supermarkt alcoholhoudende drank was. Omdat er in Seniorenstad geen cafés zijn, zitten alle bejaarden thuis te pimpelen, in eenzaamheid of in een grimmig samenzijn.

Als iemand in Seniorenstad achter een rollator wankelt, weet je dat hij alleen tijdelijk slecht ter been is.

Ik ben benieuwd of het rookverbod in Nederland

voor altijd blijft. Ik hoop eigenlijk van wel. Want rokers die een vergeefse poging hebben gedaan om op te houden, roken daarna veel meer dan ooit tevoren. En dat met een heel café vol! Dan is er geen lucht genoeg om te drinken. En daar houd ik liever niet mee op.

Bah

‘Wat heb je vannacht gedroomd?’ vroeg ik bij het ontwaken aan mijn verloofde.

‘Het was heel erg!’ antwoordde hij. ‘Ik was in een klooster, maar het was tegelijkertijd een hotel. Ik zocht een toilet en toen ik er eindelijk een had gevonden, bleek er geen deur in te zitten. Er was alleen een gordijn en daarachter waren allemaal mensen. Daar zat ik dan. Ik schaamde me dood.’

‘Veel mensen dromen dat,’ zei ik, ‘en ook dat ze er op straat ineens achter komen dat ze geen kleren aanhebben.’

Schaamte bij mensen gaat vaak over de lichamelijke huishouding en volgens mij hebben andere dieren die gevoelens niet. Er zijn wel diersoorten die een beschutte plek opzoeken om hun behoefte te doen, maar dat is niet uit gêne. Ze willen alleen niet opgegeten worden terwijl ze weerloos zitten te poepen.

Niet alle mensen schamen zich voor hun stoelgang en misschien niet eens alle volkeren.

Chinezen bijvoorbeeld vinden spugen niet onsmakelijk en boeren ook niet, als ik het mij goed herinner. Ik ben ook eens naar een openbaar toilet geweest in China. Het was niet meer dan een veldje met aardewerken halve kommen waarachter je moest hurken. Er was geen afzondering mogelijk. De vrouw die me de weg naar dit toilet had gewezen stond met haar armen over elkaar toe te kijken hoe deze westerling zich zou redden. Ik redde me.

Als alle Chinezen hier hun gevoeg deden, kon ik dat ook en aan de geur was ik gewend. Ik heb jarenlang in Frankrijk gekampeerd en daar is het niet veel beter.

'Franse campings stinken doordat er toeristen komen. Fransen zijn helemaal niet vies!' riep een Fransman aan wie ik mijn belevenissen in China vertelde. 'Het komt door de Duitsers en de Nederlanders! Die maken alles smerig.'

Van Nederlanders wil ik wel aannemen dat ze zich misdragen als ze op reis zijn, maar Duitsers zijn voor zover ik weet een proper volk. In heel Duitsland heb ik nog nooit een toilet gezien dat niet blonk en waar niet altijd een keurig rolletje closetpapier hing.

Misschien vinden alle volkeren elkaar wel vies. Ik heb Fransen met walging zien toekijken hoe Volendammers een harinkie aten. Maar zelf smullen ze van slakken en kikkerbillen.

Ik sprak eens een Amerikaan die de Engelsen onhygiënisch vond omdat de sanitaire voorzieningen in oude Engelse hotels geen deel uitmaken van de gehuurde kamer. Ze bevinden zich op de gang.

'Bah!' riep de Amerikaan, 'ik ga niet naar een badkamer waar andere gasten ook gebruik van maken.'

Ik was het maar ten dele met hem eens. Een eigen badkamer is natuurlijk wel plezierig. Je wilt niet naar iemand anders z'n dotje haar in het douchepu tje kijken. Maar een wc op je hotelkamer is alleen prettig als je in je eentje reist. Zelfs wanneer er een deur is die dicht kan.

Ik heb eens met een geliefde in een Frans hotel gelogeerd, waar helemaal geen afscheiding was tussen de kamer en de wc. De wastafel hing in de hoek naast het raam, maar de wc stond min of meer in de kamer, vlak bij het bed, als een gewone stoel.

'Zullen we afspreken dat we om de beurt gelegenheid krijgen om even alleen te zijn?' stelde ik voor.

Ik schaam mij niet voor mijn lichamelijke huishouding zolang er een zekere anonimiteit is. Ik durf gerust naar een damestoilet in een restaurant. Maar voor mijn reisgenoot wil ik sommige aspecten van het dagelijks leven liever verborgen houden. Ik ga op een hotelkamer niet onbekommerd op de wc zitten als er iemand anders in de buurt is.

De Amerikaan begreep mij niet.

'Je bent toch getrouwd?' antwoordde hij verbaasd.

Nu ben ik helemaal niet getrouwd, ik woon zelfs niet samen. Dat is ten dele omdat niemand met mij wil trouwen of samenwonen, maar ook omdat ik zelf graag een beetje afstand bewaar. Als ik ooit zou trouwen, zou ik dat op de huwelijkse voorwaarden doen dat ik niet alle details van onze stofwisseling hoef te delen, dat ik niet iedere dag hoef te vertellen of ik lekker heb geslapen, of het eten mij heeft gesmaakt en of ik het leuk heb gehad.

Dat laatste is een erfelijke kwestie. Mijn vader had het ook. Op zaterdagmiddag ging hij altijd de stad in. Naar boekwinkels, zei mijn moeder. Misschien ging hij wel naar de hoeren of naar een geheime vriendin. Wie zal het zeggen. Maar niemand, ook mijn moeder niet, mocht vragen waar hij was geweest en ook niet of hij het leuk had gehad.

‘Zodra iemand vraagt of ik het leuk heb gehad, ga ik twijfelen,’ verklaarde mijn vader, ‘en dan denk ik: wat was er eigenlijk zo leuk aan? En dan is de lol eraf.’

Dat heb ik ook. Ik ben wel bereid de nabespreking van een belevenis te houden, maar niet onmiddellijk. Ik ben er trouwens erg onrechtvaardig in, want van iemand die bij mij in huis logeert, eis ik wel dat hij verslag doet zodra hij binnenkomt.

‘En, hoe was het?’ vraag ik meteen. Als de ander dat bij mij doet, trek ik een chagrijnig gezicht. Het is dus maar goed dat ik niet met een mens samenwoon. Ik heb dieren.

Ze zijn wel vies. Mijn hond doet niets liever dan door de derrie rollen en hij eet half vergane etensresten van de straat. Mijn kat is iets deftiger, maar wat ik in de kattenbak aantref, is bepaald onsmakelijk. Hij geeft ook geregeld over. Dat ruim ik onbekommerd op.

‘Dat komt doordat je voor ze moet zorgen,’ legde een vriendin uit. Zij heeft katten, van wie er een onzindelijk is. Daar hoor ik haar nooit over klagen. Haar bezoekers wel. Die hebben haar wel eens gewaarschuwd dat haar huis een beetje stonk. Dat stelt ze op prijs want zelf ruikt ze het niet meer.

‘Je went er aan,’ zegt ze.

Je schijnt ook te wennen aan een echtgenoot. Die wordt vanzelf eigen. Ik ken echtparen die in elkanders bijzijn winden laten en boeren. Een man vertelde met trots dat hij voor zijn vrouw en dochters maandverband koopt. Daar geneert hij zich niks voor, zei hij. Ik haal de mijn schouders op bij die mededeling, want maandverband is pas onaangenaam als het dienst heeft gedaan. Niet terwijl het nog in de verpakking zit. Maar ik begreep wel wat hij bedoelde. Je vraagt niet aan de buren of ze, als ze toch naar de supermarkt gaan, even een pak maandverband voor je meenemen.

En vroeger wilden mannen niets te maken hebben met de details van de vruchtbaarheid. In de cyclus van de voortplanting hadden ze maar één bijdrage. Moeders en kinderen vielen niet binnen hun werkgebied. Dat is veranderd. Vaders geven hun baby's gerust een schone pamper.

Mijn broer, die jonge kinderen heeft, staat van tafel op om billen te gaan vegen wanneer hij wordt geroepen. Ook als hij gasten heeft.

Dat vind ik tamelijk ver gaan. Maar hij trekt wit weg wanneer mijn kat begint te kokhalzen. Daar heb ik dan weer geen last van. Mijn dieren zijn eigen. En ze vragen nooit of ik het leuk heb gehad.

Scrabble

Op een koude winteravond speelde ik scrabble met de man met wie ik twaalf jaar lang scrabble heb gespeeld, toen we nog verkering hadden. Ik had de Q.

Vijf beurten lang zat ik op een U te wachten, maar die meldde zich niet, wel de I.

'Mag IQ?' vroeg ik.

'Nee,' antwoordde hij, 'IQ is een afkorting, net als tv.'

'Jawel, maar tv is de afkorting van een woord dat in gebruik is. Niemand zegt intelligentiequotiënt. Daarom zou IQ moeten mogen.'

Er zijn geen duidelijke regels voor woorden die ooit een afkorting zijn geweest.

Een bustehouder wordt als beha geschreven, niet als bh. Maar het toilet schrijf je als wc en niemand weet meer dat het de afkorting is van watercloset. Een cd is een compact disc, maar hoe een dvd voluit heet, weet ik niet.

'Mogen dat soort woorden ook niet bij scrabble?' vroeg ik. 'Aids? sms? oké zonder accent?'

'Nee,' zei hij, 'want dan wordt het een bende!'

'Scrabble is een ouderwets spel geworden,' stelde ik vast, 'je kunt de helft van de gangbare Nederlandse woorden er niet meer in gebruiken.'

Vijfentwintig jaar geleden begonnen de afkortingen

aan hun triomftocht in de taal. Aanvankelijk zeiden nette mensen nog televisie, maar al gauw werd het t.v. Toen verdwenen de puntjes. W.c. werd wc. De VPRO liet weten dat er voortaan geen sprake meer zou zijn van een vrijzinnig protestante radio omroep en al evenmin van puntjes. Vepejero was de naam.

Kort daarop werden de afkortingen niet meer met hoofdletters geschreven en het enige waar je nog aan kon zien dat het een afkorting betrof, was dat veel van die woorden uit medeklinkers bestaan. Maar een langspeelplaat heet al heel lang een elpee, geen l.p.

'Mag elpee?' vroeg ik.

'Van mij wel,' zei hij inschikkelijk, 'maar lettercombinaties mogen niet en buitenlandse woorden ook niet.'

'Is saven een Engels woord of is het al Nederlands? En e-mailen en shit?'

Hij keek me weifelend aan.

'Ik weet ook niet meer wat Nederlands is en wat niet,' zei hij, 'iedereen zegt grip in plaats van greep. Dat is toch fout?'

Taal verandert, dat houd je niet tegen. Het is niet erg, alleen met spellen is het lastig. Ik weet nog steeds niet hoe je cakeje schrijft of racen in vervoeging. Als ik wil laten weten dat iemand haast had om naar school te gaan, schrijf ik niet dat hij naar school racete want dat vind ik geen gezicht. Reesde kan ook niet of reeste. Ik weet ook niet hoe je ge-e-maild schrijft. Heb je twee streepjes nodig of maar één. Moet er een e voor de d? Als je gisteren op de *delete*-knop drukte, *deletete* je toen of heb je *gedeleted*? Zo lang je spreekt, is er geen probleem: gedeliet, deliette.

Schoolkinderen kunnen trouwens helemaal niet meer spellen en de onderwijzers al evenmin. Dat zou aan de sms-taal liggen. Een sms-bericht moet compact zijn, dus laten de afzenders zoveel mogelijk letters weg. Van de weeromstuit weet niemand meer hoe het eigenlijk moet.

Ik gebruik zelf ook sms-taal. In plaats van even schrijf ik ff. Ik tik d8, w8 en nx, en ik sta open voor nieuwe sms-afkortingen. Het is te leuk om niet te doen.

In e-mails gebruik ik geen sms-taal. Daar schrijf ik keurig Nederlands, want ik ben als de dood dat ik het anders verleer. Ik zou niet graag voor onnozelaar worden gehouden. Want dat is de enige reden om goed te willen spellen. Voor de communicatie is het niet nodig. Een onderzoek van de universiteit van Cambridge heeft uitgewezen dat het er niet toe doet of je alle letters van een woord noteert en dat het zelfs niet uitmaakt in welke volgorde je ze zet. De onderzoekers lieten zinnen met woorden, die in een oplopende graad van verwarring waren gespeld, aan proefpersonen lezen. Zolang de eerste en de laatste letter van de meeste woorden maar op de juiste plek stonden, bleken de zinnen leesbaar te blijven. Kennelijk let een lezer op de lengte van een woord en op de samenhang van een zin, niet op iedere letter apart.

Hte mkaat dsu nkis tiu heo je de bloe vrchaslpct, alels lbjift mni fo mree lbeesraa. Dat is goed nieuws voor dyslectici.

Terwijl de juiste spelling verwordt tot iets wat we vroeger deden, verandert het gesproken Nederlands ook met een vaart die ik niet kan bijhouden.

Laatst zat ik in de tram achter twee jongetjes van een

jaar of dertien. Die verstond ik helemaal niet! Ze hadden een raar accent, net of ze Marokkaans waren, maar dat waren ze beslist niet en ze gebruikten allemaal termen die ik niet kende. Alleen het woord chillen herkende ik.

Soms versta ik het Nederlands niet door de afkortingen die de mensen gebruiken. Dat zijn er heel veel. Vooral binnen beroepsgroepen waar veel wordt vergaderd, miegelt het van de lettercombinaties. Ik moest een poosje geleden een toespraak houden voor de provincie Flevoland.

'We sturen u wel wat info!' riep de opdrachtgever.

Wat vervolgens werd aangeleverd was dit:

Zeven jaar geleden heeft het Nederlands Instituut voor Zorg en Welzijn, het NIZW, in nauw overleg met de ministeries van VWS en SZW het MO uitgevonden, aangevuld met de methode van de Toekomstwerkplaatsen, de TWP. In de toekomst wil het MO met TWP een public/private/people-partnership aangaan.

Dat was de info. Met nog vijf vergelijkbare teksten.

Info behoort tot de groep afgeknotte woorden die we gebruiken, zoals aso en airco. Met de puntjesloze lettercombinaties rukten ze een jaar of twintig geleden op in het spraakgebruik. Jan Kuitenbrouwer, de man van *Turbotaal*, haalde ze enthousiast binnen en noemde ze afko's. Het leek er even op dat ze wortel zouden schieten en zich zouden vermenigvuldigen, maar het viel mee. Depri hoor je al bijna nooit meer en een lesbo of zelfs lesba is weer een lesbienne. Dat klinkt ook eleganter.

Van de Q kon ik even later qua leggen met een blanco letterblokje. Na het spel zetten we de doos in de kast en keken elkaar mismoedig aan.

'Rummikub dan maar?' stelde ik voor.

'Ganzenbord,' antwoordde hij somber.

Planten en dieren

'Wil jij mijn planten verpotten?' vroeg mijn buurman van driehoog. 'Jij hebt groene vingers.'

Ik stemde meteen toe, zo gevleid was ik door die kwalificatie. Ik heb helemaal geen groene vingers, tenminste niet voor zover ik weet. De namen van de planten ken ik niet en wat ze nodig hebben, licht of schaduw, veel of weinig water, weet ik ook al niet. Ik vind het leuk om aan ze te prutsen, dooie blaadjes verwijderen, een nieuwe ruime pot geven in het voorjaar, turf strooien in het najaar voor de vorst intreedt, 's zomers eens in de veertien dagen mest in het gietwater doen. Verder gaat mijn expertise niet. Wat ik doe lijkt eerder op met poppen spelen dan op weloverwogen tuinieren.

'Praat jij met je planten?' vroeg een vriendin die niet alleen vindt dat ze groene vingers heeft, maar ook dat ze een spiritueel contact met haar tuin onderhoudt.

Ik schudde ontkennend mijn hoofd. 'Ik praat met mensen,' zei ik, 'tegen dieren praat ik alleen als ik iets te zeggen heb en met de planten kom ik niet verder dan ziezo, als ik klaar ben met de verzorging.'

'Je moet met ze communiceren!' zei de vriendin streng. 'Het zijn levende wezens.'

Ik wees op mijn voorhoofd.

'Zolang ze niks terugzeggen hou ik mijn mond,' zei ik. Maar volgens haar zeggen planten wel degelijk iets terug, net als dieren. Ze bedoelde natuurlijk niet dat planten babbelen. En ik weet ook wel dat ze laten weten hoe het met ze gaat door hun blaadjes te laten hangen of luis te krijgen. Maar deze vriendin gelooft dat planten daadwerkelijk boodschappen uitstralen waar de mens ontvankelijk voor zou kunnen zijn.

Ik vind het moeilijk te aanvaarden dat een hortensia zich om iets anders zou bekommeren dan om zijn eigen stengels.

Van huisdieren neemt men aan dat ze zich in de duizenden jaren dat ze met de mens samenleven, zijn gaan aanpassen in de communicatie.

Honden blaffen en dat deden ze van oorsprong niet. Ze stammen af van de wolven. Die houden meestal hun mond. Van katten weet ik niet hoe ze ooit zijn begonnen, maar ik denk niet dat de voorloper van de huiskat even dwingend om de blikopener krijste als dat beest van mij. Mijn hond laat ook weten wanneer het volgens hem etenstijd is en hij kan duidelijk maken dat hij in sanitaire nood zit, door om mij heen te dartelen.

'Moet je uit?' vraag ik dan. Het antwoord is waf. Dat is geen belangwekkende conversatie maar we doen het ermee.

Ik was eens op een cursus diergedrag. Daar werd de vraag gesteld of dieren kunnen denken. De docent liet een filmpje zien waarin een papegaai allerlei opdrachten uitvoerde. Hij bleek te kunnen tellen, voorwerpen benoemen en nodigde zijn baasje uit tot dierverzorging: 'Koppie krauw!' riep hij terwijl hij zijn kopje uitnodigend boog en 'Onder de douche!' als de plantenspuit moest komen. Hij had een uitgebreid repertoire, maar evengoed was dat geen onomstotelijk bewijs voor een denkvermogen. Misschien had hij alleen geleerd omstandigheden te verbinden met woorden.

Papegaaien zijn er beroemd om. Iemand vertelde me dat hij een kaketoe kende die 'Maria, ik hou van je!' riep. Dat was geen godsdienstige verzuchting, hij deed het wanneer de hond van Maria, zijn eigenares, in wellustige vervoering tegen haar been opreed.

Ik vroeg mij af van wie hij dat zinnetje had geleerd. Je zou zeggen: van die hond.

'Hij heeft het van de vriend van Maria,' legde degene die het verhaal aan mij vertelde uit, 'hij moest altijd lachen om die geile hond. Maria werd er kwaad om, maar het lukte haar niet het beest van zich af te schoppen en als een papegaai eenmaal iets kan zeggen, leert hij het niet meer af.'

Ik heb zelf in een café een beo ontmoet, die de binnenkomende klanten aansprak met: 'Hebbie niks beters te doen? Moet je niet werken?'

Het leek mij nogal een risico voor de uitbater van het café om zijn klanten zo te laten verwelkomen, maar de cafébaas zei dat het juist een groot succes was.

'Ze geven hem allemaal antwoord,' vertelde hij, 'en die stomme vogel zit ze dan met een schuin koppie aan te kijken, alsof hij echt luistert.'

Van een diergedragsdeskundige hoorde ik, dat het geen goed teken is als papegaaien aan het praten slaan. Dan zijn ze eenzaam.

Ik logeerde bij mensen die een grijze roodstaartpapegaai hadden. Die zei niks. Eenzaam was hij zeker. Dat zat daar maar in een kooi op niks af. Omdat er zelfs geen mensen in zijn buurt waren die hij kon napraten, had hij andere geluiden geleerd. Hij deed het waarschuwingspiepje van de wasdroger na en een auto die wegreed. Ik hield hem vaak gezelschap, maar aan mij had hij niet veel.

Ik zei: 'Ha die Coco,' en dat was het dan.

Op een dag zat ik in de kamer te lezen, met mijn rug naar hem toe, toen ik plotseling vlak achter mij een vent zijn neus op hoorde halen. Ik voelde mijn nekharen overeind komen van schrik en keek met een ruk achterom. Daar zat de roodstaartpapegaai en hij keek mij onbewogen aan.

'Eenzame mensen gaan ook praten,' zei de gedragsdeskundige.

Ik knikte. 'Tegen de planten,' zei ik, 'en tegen de dieren.'

'Tegen zichzelf,' vulde ze aan.

Mensen praten omdat ze het lekker vinden om geluid te maken. Ze bedoelen er vaak niks mee. Als je wilt weten wat ze denken, hoef je niet noodzakelijk naar ze te luisteren. Je kunt ook op lichaamstaal letten.

In een groot café kwam ik een man tegen die daar een specialiteit van had gemaakt. Ik stond met mijn zus over haar pedicure te praten, toen hij zich plotseling bij ons voegde. 'Zijn jullie op mannen aan het jagen?' vroeg hij. Ik keek hem schattend aan. Hij had een vriendelijk gezicht met onregelmatige gelaatstrekken. Als kind en als tiener moest hij foeilelijk zijn geweest. Nu was hij een jaar of vijfenveertig. Was dit een tactiek om er toch nog wat van te maken?

'Vrouwen jagen niet,' zei ik.

Hij knikte instemmend. 'Je hebt gelijk,' zei hij, 'mannen jagen. Vrouwen geven signalen. Die zien de meeste mannen niet. Pas bij het vijfde teken reageren ze.'

Ik keek hem met gefronste wenkbrauwen aan. Ik was me niet bewust dat wij iets hadden uitgezonden.

'We hadden het over likdoorns,' zei mijn zus.

De man richtte zijn blik op haar voeten. 'De signalen worden gegeven door het lichaamsdeel dat het verst verwijderd is van het brein,' zei hij, 'de voeten! Zien jullie dat groepje daar?'

Ik volgde zijn blik. Bij de bar stond een jonge vrouw met drie mannen te praten. Twee mannen stonden min of meer op één been, met de ene voet over de andere gekruist. De derde hield ze ferm op de grond geplant, met de tenen in de richting van de vrouw. Haar voeten kon ik niet zien.

'Zij heeft mij zojuist verscheidene signalen gegeven,' zei de man, 'let op!'

Hij liep in de richting van het groepje en boog zich naar de barkeeper om een biertje te bestellen. Mijn zus en ik keken belangstellend toe. Het meisje keek niet op of om. De man kwam weer naar ons toe.

'Zullen we het maar weer over kalknagels hebben?' stelde mijn zus voor.

Maar toen gebeurde er iets wonderlijks. Het meisje maakte zich plotseling los van haar bewonderaars en kwam naar ons toe. Ze groette mijn zus en mij vaag en legde haar hand op de man zijn schouder.

'Hallo!' zei ze wervend. Even later waren ze in een levendig gesprek verwikkeld.

Het duurde alleen niet lang. Na een minuut of tien keerde het meisje terug naar de bar, waar de mannen geduldig op haar wachtten.

'Daar sta je dan,' zei ik meewarig.

De man hief zijn hand op. 'Ik wist dat ze weg wilde,' weerlegde hij, 'ze hield haar handpalmen naar beneden. Dat is een teken dat ze niet verder wilde. Weet je hoe mannen laten weten dat ze weg willen? Dan steken ze hun handen in hun zakken.'

'Vrouwen gaan naar de wc,' zei ik, 'en als ze terugkomen, gaan ze niet meer zitten. Maar ik hoef dat allemaal niet, want ik heb een hond.'

Bij het woord hond keek mijn hondje mij aan. Hij wist dat ik het over hem had.

'Moet je uit?' vroeg ik. Hij sprong meteen op.

Mijn zus knikte. 'We gaan,' zei ze.

Zij en ik hebben aan een half woord genoeg.

De eerste keer

Op de verjaardag van mijn zwager zat ik mij te vervelen bij de koffie en de taart. Het gesprek ging over astrologie.

'Hij,' zei mijn schoonzuster, terwijl ze met haar vorkje naar de jarige wees, 'is een echte steenbok.'

Aan haar misprijzende blik kon ik zien dat ze beter niet met een steenbok had kunnen trouwen.

'Wat ben jij?' vroeg een buurvrouw aan mij.

Ik wilde mijn hele horoscoop al voor haar opdreunen, met de huizenverdeling en de stand van alle planeten erbij, want ik heb ooit een sterrenwichelende verloofde gehad, die zich had gespecialiseerd in mijn astrologische persoonlijkheid.

'Zij is Tweelingen,' antwoordde mijn schoonzuster voor mij.

'O mijn dochter ook!' riep de buurvrouw geanimeerd, 'een typische Tweeling, gék op veranderingen, kunstzinnig en héél druk.'

Ik zei niks.

Ik vind astrologie flauwekul, ik ben niet opvallend druk of kunstzinnig en ik hou helemaal niet van veranderingen. Ik heb al mijn oude vrienden nog, ik heb vierentwintig jaar in hetzelfde huis gewoond en mijn kasten puilen uit van de versleten kleren die ik niet weg doe omdat ik er geen afscheid van kan nemen. Ik ben een Tweeling van niks.

Niet alleen houd ik mij vast aan alle dingen van weleer, ik deins terug voor alles wat nieuw is. Dat had ik al als kind.

Ik was dertien en mocht voor het eerst naar een dansfeest. In de week die eraan voorafging, had ik met mijn moeder een nieuwe jurk gekocht, een glanzende goudbruine cocktailjurk. Hij had een laag uitgesneden hals en een wijde cirkelrok.

'Je moet er nylons bij aan,' verklaarde mijn moeder, terwijl ik mij aankleedde. Ik keek haar verschrikt aan. Ik had nog nooit nylons gedragen.

'Hier is een gordeltje,' zei mijn moeder.

Ze overhandigde mij een jarretelgordel en een paar nylonkousen. Ik trok ze bedrukt aan. Het was niet zo lang geleden dat ze mij een ander gordeltje had aangereikt, dat hier erg op leek. Het had maar twee jarretelhaakjes en er hoorde een maandverband in te hangen. Dit mocht dan een feestelijk gordeltje zijn, de lol was eraf.

Met mijn jurk en mijn nylons ging ik een uur voor de aanvang van het feest de deur uit om mijn vriendin op te halen, die ook in de brugklas zat.

Buiten stond een harde wind. Mijn jurk waaide op en ik klemde mijn jas om mij heen. De nylons voelden koud en vijandig aan, alsof ze zich elk moment los konden maken van mijn onwennige benen.

Ik sloeg de weg in naar het huis van mijn vriendin en stak de straat over. Een man die zijn hond aan het uitlaten was, keek naar mijn benen.

'Zie je wel!' dacht ik, 'iedereen heeft het in de gaten.'

Tegen de tijd dat ik aanbelde bij mijn vriendin was

ik in tranen. Haar moeder deed open. De vrolijke begroeting die ze voor mij klaarhield, ebde weg toen ze mijn gezicht zag.

'Kind, wat is er?' vroeg ze geschrokken.

'Nylons!' huilde ik.

Ze deed een stapje terug en nam de toestand in ogenschouw.

'Ik zie het al,' zei ze geruststellend, 'palingen.'

Met afschuw volgde ik haar blik. De nylons waren afgezakt en gedraaid. De plooien leken inderdaad een beetje op palingen.

'Je moet ze stevig optrekken,' raadde ze aan, 'en dan vastzetten aan je jarretelgordel. Maar je kunt ze ook uittrekken. Ik heb nog wel een paar sokjes.'

Ik heb nog een oude foto van mijzelf in de cocktailjurk. Of hij die avond is genomen of bij een andere gelegenheid, weet ik niet. Mijn benen zijn niet te zien op de foto, wel mijn lachende gezicht. Dat wijst op sokjes.

Tussen mij en nylonkousen is het nooit goed gekomen. Zelfs toen de praktische panty's op de markt kwamen, hield ik mijn sokken aan. Want onder een panty moet je een string dragen, anders heb je vier billen in plaats van twee. Ik kan geen string aan. Al mijn vriendinnen zeggen dat ze nergens last van hebben, maar ik voel dat ding voortdurend zitten. Als een grote flosdraad nestelt hij zich tussen mijn kadetten en beweegt met iedere stap.

Ik heb trouwens geen panty's nodig, want ik kan toch niet op elegante schoenen lopen, tenminste niet lang. Ik loop veel. Dat gaat veel beter op gemakkelijk zittende schoenen of op laarzen. En bij laarzen mag je een maillot of een legging.

Ik dacht altijd dat het aan mij lag dat ik het niet uithoud op hoge hakken. Dat ik te lomp ben om eraan te wennen. Maar een vriendin van mij, die ik heel vaak op elegante pumps zie, vertelde dat ze die pas aantrekt als ze eenmaal op de plaats van bestemming is gearriveerd. Buiten draagt ze gympen of laarzen, net als ik.

'Ik heb één keer een eind moeten lopen,' vertelde ze, 'ik kwam van een feestje en dacht dat ik buiten een taxi zou vinden. Maar ik zag er geen, dus besloot ik naar huis te lopen. Ik had toen nog geen gympen bij me, want ik liep vrijwel nooit ergens heen. Ik nam altijd taxi's. Na een paar straten was ik kapot. Ik wankelde voorovergebogen langs de straat. Onderweg kwam ik een man tegen die me hoofdschuddend opnam. "Ach wijfie," zei hij, "had toch niet zoveel gedronken!" Sindsdien heb ik altijd een tas bij me, met een paar gympen voor onderweg.'

Ik heb overwogen hetzelfde te doen. Ik kan natuurlijk ook pumps meenemen en panty's. Die zou ik dan onderweg kunnen aantrekken, in een café of een restaurant, zodat ik er verzorgd uitzie als ik op visite ga of naar een feest. Maar ik zie me al zoeken naar een geschikt restaurant waar ik niks ga gebruiken, alleen het toilet. Dat vindt het personeel niet leuk. Bovendien wil ik liever geen tas bij me hebben en zeker geen grote tas. Tassen met spullen voor de zekerheid, dat is niets voor een Tweeling.

Pyjamadag

Ik woon op de zesde etage van een groot woningcomplex. Iedere ochtend ga ik met mijn hond in de lift naar beneden om een blokje om te lopen. De buren gaan omstreeks dezelfde tijd weg. Ze hebben een baan en gaan naar hun werk. Ik zie ze vrijwel nooit, maar ik ruik ze. Er blijven allerlei geuren hangen als zij allang zijn uitgestapt: shampoo, zeep, aftershave en af en toe een vleugje tandpasta. Soms ruikt de lift nadrukkelijk naar hond. Dat zijn de mensen van tweehoog. Die hebben twee grote honden en een liftverbod omdat die beesten zo geweldig stinken.

Als ze heel vroeg zijn, nemen deze buren toch de lift, want ze denken dat de geur tegen de tijd dat het spitsuur begint wel verdwenen zal zijn. Dat is niet zo, het is meer dan verschrikkelijk.

Mijn hond ruikt meestal schoon. Soms, wanneer hij lang heeft geslapen, hangt er nog een beetje lijflucht om hem heen. Dan wandel ik extra lang, want ik vind het vies, zo'n slaperige pyjamageur.

Ik heb eens bij kennissen gelogeerd die in het weekend zo lang mogelijk in hun kamerjas bleven rondhangen. Ze zetten eerst koffie en aten een boterham, dan lazen ze de krant en gaven de plantjes water. Heerlijk, zo'n luie ochtend, vonden ze, maar ik keurde het af. Het zijn vrijgezellenmanieren.

Mensen die alleen wonen, ontwikkelen allerlei slechte gewoontes die ze zichzelf toestaan omdat er toch niemand bij is. Ze laten boeren en winden, ze praten in zichzelf. Wanneer ze zich verslikken, rochelen en blaffen ze net zo lang tot de brok is opgehoest. Ze peuteren in hun neus. In het begin doen ze dat omdat ze zich zo lekker onbespied voelen, maar allengs denken ze er niet meer bij na.

Het begint met het voerbakje van de kat dat niet iedere dag wordt afgewassen. Al spoedig eten ze zelf ook niet meer van schoon servies maar van een ontbijtbord dat ze de dag ervoor ook hebben gebruikt. Ze drinken koffie uit het koffiekopje dat er nog staat van gisteravond. Of van de dag dáárvoor.

'Het is toch van mezelf,' denken ze. Maar het zijn de eerste stappen op een helling die met een duizelingwekkende vaart naar een diep dal voert, waar een mompelende zonderling bij het aanrecht een haastig opgewarmde kant-en-klaarmaaltijd staat te eten uit een aangekoekt pannetje.

Hij heeft maar één stel beddengoed dat hij eens in het jaar wast.

Ik zat eens met een paar mensen te praten over het huishouden. De enige man in het gezelschap verschoonde iedere week zijn bed, wanneer zijn vriend kwam logeren. Dat vond hij lekker fris.

Ik vertelde dat ik het beleid van mijn moeder volgde: zij verschoonde iedere week het onderlaken en de kussenslopen en iedere twee weken de dekbedhoes. Een van de vrijgezellen bekende dat zij niet vaker dan één keer in de maand haar beddengoed verving. Zij was niet eens de ergste: een andere vrijgezel, ook een vrouw, liet de boel nog langer liggen.

'Ik slaap graag in mijn eigen geurtje,' verdedigde ze zich. Zij vond het ook fijn om een hele dag in een oude sportbroek rond te lopen. Die waste ze vrijwel nooit.

'Ik doe hem alleen aan als er niemand is.'

In het begin betekent niemand, dat er inderdaad geen andere mensen in de buurt zijn, maar na verloop van tijd geeft het ook niet, als er een vertrouwd persoon bij is en ten slotte kan het de alleenwoner helemaal niks meer schelen in welk gezelschap hij verkeert.

Ik ging koffiedrinken met een man die al een poos gescheiden is. Terwijl wij wachtten tot de bestelling werd gebracht, doopte hij gedachteloos zijn vinger in de suikerpot en likte hem af. Zijn hand bewoog alweer naar het schaaltje suiker, toen ik hem streng tot de orde riep:

'Stout! Laat dat!'

Hij grinnikte schaapachtig.

'Sorry,' mompelde hij, maar even later deed hij het weer.

Wanneer iemand lang alleen woont, worden de gestalten van de mensen in de omgeving vager. Ze doen er niet meer zoveel toe, dus waarom zou je je fatsoen houden?

Een collega van mij schrijft romans. Dat doet ze 's nachts, als het stil is op straat en niemand haar kan storen. Overdag zit ze in bed televisie te kijken en slaapt ze af en toe. Wanneer ze met iemand afspreekt, komt ze steevast te laat, want het is een enorm werk om het achterstallige onderhoud te verrichten. Ze moet onder de douche, haar haren wassen en föhnen, haar ogen opmaken en kleren uitzoeken. Omdat ze soms wekenlang in haar eentje rondscharrelt, ligt er niets klaar.

Ze is volstrekt niet zielig of eenzaam. Ze heeft een grote vriendenkring met wie ze lange telefoongesprekken voert en die haar vaak raadplegen, want ze weet veel. Als je haar hoort praten, denk je dat ze alle tentoonstellingen in de stad bezoekt en vaak naar het theater gaat.

'Nee hoor!' zegt ze opgewekt. 'Ik lees in de krant hoe een voorstelling is geweest. Ik zoek op internet op wie de kunstenaars zijn die een expositie houden. Ik kom er niet toe om uit te gaan.'

Ze vertelde dat ze eens een abonnement had genomen op een serie barokconcerten. Na de eerste twee uitvoeringen hield ze het voor gezien. Ze kreeg de zenuwen van het klavecimbel en van twee uur in een zaal met hoestende mensen zitten.

'Ik vond het zo heerlijk om een concert over te slaan!' zei ze glunderend. 'Er was toch niemand die merkte dat ik thuisbleef en ik genoot er extra van, omdat ik wist dat ik mij eigenlijk had moeten haasten om uit te gaan. Ineens hield ik een hele vrije avond over. Het scheelt zo in tijd als je je niet hoeft aan te kleden!'

In verpleeghuizen weten ze daar ook alles van. Door het personeelstekort komen de verzorgers van de bewoners er op drukke dagen niet aan toe iedereen te wassen en aan te kleden. Halverwege de middag zitten er soms nog mensen in hun pyjama. Voor die paar uurtjes heeft het geen zin ze alsnog in een jurk te hijsen, dus laten ze het maar zo.

Tegenwoordig is het zelfs beleid om de bewoners één dag in de week in hun nachtgoed te laten zitten. Pyjamadag, heet zo'n dag. In het begin was het uit nood, nu zijn de mensen eraan gewend. Het is een groot kwaad dat de maatschappij besluipt.

Laatst was het zulk slecht weer, dat ik geen echte wandeling ben gaan maken met mijn hond. We deden alleen een boom aan en gingen toen gauw weer naar huis. Het kon mijn hond niks schelen. Pyjamadag, dacht hij en hij schurkte zich behaaglijk in de oude lappen in zijn mand.

De groeten

Ik zou met mijn zus uit eten gaan en daarna naar het theater.

'Doe haar de groeten,' zei mijn verloofde toen ik de deur uitging.

'Dat zal ik doen,' beloofde ik, maar vergat de opdracht onmiddellijk.

Ik doe vrijwel nooit iemand de groeten. Ik heb het vroeger niet geleerd, daar komt het door.

Mijn ouders waren rare mensen. Ze hadden een hekel aan visite. Wanneer er volwassenen bij ons op bezoek kwamen, familie of kennissen, gedroegen mijn ouders zich als onwillige tieners. Mijn moeder ging met een wrokkig gezicht oploskoffie maken in een beker die je de loodgieter op maandagochtend nog niet zou voorzetten. Mijn vader zat op een stoel met spottend opgetrokken wenkbrauwen te zwijgen, terwijl het bezoek wanhopig probeerde iets te maken van de bijeenkomst. Dat lukte maar zelden.

Ik weet niet waarom mijn ouders zo idioot deden. Het zal wel met hun eigen jeugd te maken hebben of met de oorlog die ze hadden meegemaakt, maar misschien was het ook de tijdgeest. De jaren zestig waren aangebroken en alles wat hoorde, werd verguisd.

Ik herinner mij dat mijn broer en ik ons verstopten wanneer mijn grootmoeder op visite kwam, omdat wij een afkeer van haar begroetingszoen hadden. Andere ouders zouden hun kinderen tot de orde roepen, maar die van mij vonden het wel lollig.

Zij bliefden zelf ook geen zoen. Het liefst wilden ze helemaal niets met anderen te maken hebben, niet met vrienden of kennissen, niet met de buren en niet met de familie. Ze gingen nooit op bezoek en deden nooit iemand de groeten. In mensen hadden ze alleen aardigheid als ze op de televisie waren en je ze uit kon zetten als je genoeg van ze had.

De groeten lijken op virtuele visite. Degene die jou de groeten doet, had eigenlijk op willen bellen, langs willen komen, maar er is geen tijd of geen animo en om toch iets te laten horen, doet hij je de groeten.

Zelf doe je dan de groeten terug.

Dat vind ik ook zo onwerkelijk, net of je iemand net naast zijn wang kust in plaats van erop.

Laatst had ik een vriendin aan de telefoon.

'Hoe is het met je verloofde?' vroeg zij.

'Goed,' zei ik, 'hij zit hier op de bank de krant te lezen.'

'Doe hem maar de groeten,' zei ze. Ik deed het.

'Doe maar de groeten terug,' zei mijn verloofde.

'De groeten terug,' zei ik. Ik was even in verwarring. Was dat alles wat ze elkaar te vertellen hadden?

De groeten zijn de alfa en de omega, zonder het tussenliggende alfabet.

Mijn verloofde is het daar helemaal niet mee eens. Hij vindt de groeten juist mooi. Je laat op een heel bescheiden manier weten dat je aan een ander hebt gedacht, zegt hij. Wanneer je een brief krijgt, moet je terugschrijven, een envelop en een postzegel zoeken en de brief naar de brievenbus brengen. Op een e-mail moet je binnen een paar dagen antwoorden, op een sms binnen een uur. Van sommige telefoongesprekken kom je nooit meer af en als je op visite gaat, ben je je avond kwijt. De groeten zijn licht en onnadrukkelijk, ze laten weten dat iemand om je geeft en je hoeft er niet bij te converseren.

Als ik mijn verloofde een paar dagen niet heb gezien of gesproken, komt hij steevast met groeten aan die hij voor mij in ontvangst heeft genomen. Ze komen van mensen die hij aan de telefoon heeft gehad en van kennissen die hij op straat is tegengekomen. Tijdens het gesprek hebben ze gevraagd hoe het met mij is. Met mij is het goed. 'Doe haar de groeten,' zeggen ze en dat doet mijn verloofde trouw. Hij somt de hele lijst op en kijkt mij verwachtingsvol aan. Ik weifel. Mijn ouders zouden waarschijnlijk als antwoord hun tong hebben uitgestoken. Ik houd hem beleefd binnen.

Maar wat ik erop terug moet zeggen, weet ik niet. Ik kan hem moeilijk met wedergroeten terugsturen, want dan kunnen we wel aan de gang blijven.

'Lief dat ze naar mij hebben gevraagd,' zeg ik soms.

Laatst kreeg ik de groeten van een collega, die bij mij in de buurt woont. Ik kom hem zelf ook geregeld tegen, in de supermarkt. Dan praten we even over de boodschappen of over het werk en nemen afscheid.

'Dag!' zeg ik dan en hij groet steevast met 'Werk ze!'

'Dat zal ik doen,' beloof ik.

Voor zover ik weet is Nederland het enige land ter wereld waar de mensen elkaar werk toewensen. Fransen zeggen geen *bon travail* als ze weer eens opstappen. Engelsen zeggen soms *hold the fort*, maar daar bedoelen ze geen werk mee en Duitsers maken een geluid dat ik tegen de kat gebruik als hij iets doet wat niet mag: *tjsúús!*

Nederlanders horen eigenlijk goedendag te zeggen, wat de vierde naamval is van een goede dag. Maar de laatste tijd wensen ze elkaar een fijne dag. Het begon met een enkeling die dat zei, maar de gewoonte verspreidt zich sneller dan een verkoudheid en jammer genoeg gaat hij niet over.

De caissière in de supermarkt sluit de kassala met die groet, op het postkantoor zei de lokettist het en zelfs mijn vriendin, bij wie ik op bezoek was geweest, wenste mij toen ik wegging nog een fijne dag.

'Maar die heb ik net gehad!' antwoordde ik verbouwereerd.

Aan haar blik zag ik, dat ze niet begreep wat ik bedoelde. Ze had niet nagedacht over wat ze zojuist had gezegd. Het was voor haar een vanzelfsprekende groet. Misschien is het helemaal de bedoeling niet, dat je nauwlettend luistert naar wat de mensen zeggen. Ze gooien er maar wat uit.

Op zondagavond hoorde ik iemand 'Een fijn weekend nog!' zeggen en om middernacht 'Een fijne avond!'

Laatst had ik een man aan de telefoon, die in scheiding ligt en af en toe opbelt om raad te vragen. Het was een somber gesprek maar evengoed zei hij voor hij ophing: 'Een fijne dag!'

Van de weeromstuit antwoordde ik met een groet die ik bijna net zo erg vind.

Ik zei 'Dikke doei!'

Was hij in de aanbieding?

Toen mijn vriendin na zevenendertig jaar huwelijk haar man de deur uit deed omdat hij niet van andere vrouwen af kon blijven, had ik verwacht dat hij huppelend zijn vrijheid tegemoet zou gaan. Dat deed hij niet. Hij stortte zich op het internet om een nieuwe vrouw te kiezen. Binnen een jaar had hij er een gevonden en kreeg mijn vriendin een kaart toegestuurd waarin hij met vreugde kennis gaf van zijn voorgenomen huwelijk.

'Gij zult niet zonder zitten,' zei ze bitter, terwijl ze mij de kaart liet zien, 'het elfde gebod.'

Zelf zit ze nu vijf jaar zonder en hoewel ze zweert dat ze geen nieuwe man wil, weet ik dat ze er soms aan denkt. Maar waar vind je er een? Niet in de nieuwbouwwijk waar zij woont. Daar zitten vooral jonge gezinnen. Ze is ook geen bar- en danstype. Als zij uitgaat, is het naar een concert of naar het theater. Dat zijn in het algemeen geen vindplaatsen voor nieuwe verkering.

Voor geen prijs wil ze op internet kijken. Het is haar te doelgericht. Ze wil terloops een man tegenkomen, zonder dat er een veldtocht aan voorafgaat.

Dat geluk overkomt niet zo heel veel mensen die ouder zijn dan dertig. Vandaar dat er zo druk wordt gesolliciteerd op internet. Het is alleen geen vriendelijke ontmoetingsplaats.

Mensen die datingsites bezoeken, zijn vaak lomp. Ze verdoen geen tijd met beleefdheid. Zolang ze denken dat het iets kan worden, schrijven ze charmante e-mails, maar als ze ten slotte een foto ontvangen waarop een vent met een kaal hoofd of een gezette dame staat, aarzelen ze niet om een resoluut berichtje te sturen: 'Sorry, je bent mijn type niet.'

'Ik wil niet daten,' zegt mijn vriendin, 'misschien wil ik wel helemaal geen man. Er zijn trouwens geen leuke mannen. Tenminste niet in mijn omgeving.'

Het is een verzuchting die veel vrouwen slaken: waar vind je een leuke man? Bestaan ze wel? Van mannen hoor je die klacht minder.

Dat komt niet doordat vrouwen van nature zoveel beter in de smaak vallen dan mannen. Het ligt aan het eisenpakket.

Mannen hebben maar een kort verlanglijstje: ze moet mooi zijn en lief, en ze mag geen groentetaart bakken.

Vrouwen hebben een zorgvuldiger uitgewerkte functieomschrijving. Bovenaan staat dat de nieuwe man respect voor zijn geliefde moet tonen, over communicatieve vaardigheden moet beschikken en werkwillig moet zijn in het huishouden. Hij mag geen hekel hebben aan dieren, hij mag niet meer van zijn boot houden dan van zijn vrouw, hij mag zich niet langer dan een uur per dag achter de computer verschuilen en niet langer dan drie kwartier op de bank zitten om naar een sportprogramma te kijken. Hij doet niet minachtend over de bezigheden van zijn vrouw, hij is beleefd tegen haar vriendinnen. En dan heeft hij ook nog gevoel voor humor en laat hij geen winden in het openbaar.

Waar vind je zo'n man?

Bij zijn nieuwe vriendin.

Na jarenlang vechten over de huishouding, Studio Sport en een gebrek aan gesprek blijken de meeste mannen minder doof geweest voor de verwijten dan hun vrouw dacht. Hij hoorde wel wat zij hem probeerde in te peperen, maar hij vond de boodschap niet prettig verpakt. Daarom deed hij net of hij niet luisterde. Maar als hij eenmaal is gescheiden en een nieuwe vriendin heeft gevonden, zet hij zijn beste beentje voor, die poot die hij tevoren nooit wilde uitsteken.

Hij koopt bloemen voor haar, hij ruimt zonder morren de vaatwasmachine in en uit, hij blijkt het verschil tussen bonte en witte was te kennen. Hij praat over zijn gevoelens en lacht om haar grapjes. Mannen die tevoren nooit kinderen wilden, omhelzen plotseling het vaderschap alsof ze er van hogerhand toe geroepen zijn. De nieuwe vrouw plukt de gulle vruchten van een boom die jarenlang weerbarstig stond te verdorren.

Je zou zeggen dat alles dus uiteindelijk goed komt, dat de ex van mijn vriendin nu de vrouw van zijn voorganger gelukkig maakt en dat mijn vriendin alleen hoeft te wachten op de ontslagen man van een ander. Maar zo gaan die dingen niet.

Terwijl mannen vaak snel een nieuwe romance beginnen, moeten vrouwen soms jaren wachten op de vervulling van een vacature. Ik denk soms dat het aan henzelf ligt.

Ze weten zo goed wat ze niet leuk vinden aan al die kerels, dat ze iedere man al bij voorbaat benaderen met neergetrokken mondhoeken. Het zal wel weer een opschepper zijn, een ijdeltuit, een praatjesmaker, zie je ze denken. Het erge is dat veel mannen inderdaad zo zijn.

Ik was laatst op een boekpresentatie. Op dergelijke bijeenkomsten zou je leuke mannen verwachten. Ze hebben in ieder geval belangstelling voor boeken, ze houden van gezelligheid en ze zijn sociaal toegankelijk. Anders waren ze daar niet.

Ik kwam in gesprek met de echtgenoot van iemand die ik wel ken. Zij is psychologe en gespecialiseerd in gezinsproblematiek. Ze is een beetje beroemd, want ze komt geregeld op de televisie. Ik had haar man niet eerder ontmoet en veronderstelde dat iemand die voor haar werk problemen oplost, de boel thuis ook aardig op orde heeft. Maar het viel tegen.

'Je moet niet denken dat ik zelf niets doe hoor,' zei de man en hij begon aan een lange uiteenzetting over zijn positie in de wereld. Ik keek hem onthutst aan. Had niemand hem verteld dat vrouwen het vreselijk vinden als een man oeverloos over zijn werk zwamt? Langdurig alleenstaanden ontwikkelen soms slechte manieren. Ze worden gulzig of morsig. Ze houden geen rekening met anderen.

Maar mensen die samenwonen corrigeren elkaar. Ze maken ruzie en schreeuwen verwijten. Of ze verbeteren de ander op milde toon: 'Doe maar niet, schat. Dat vindt die mevrouw niet leuk.'

Misschien is deze man te lang getrouwd en is zijn vrouw hem vergeten. Of zij heeft het zo druk met de gezinnen die tot haar werkgebied behoren, dat ze er geen erg in heeft dat er thuis nog een echtgenoot zit, die inmiddels onzindelijk aan het worden is.

Ik vertelde mijn vriendin over de boekpresentatie.

'Zie je wel!' riep ze met afschuw uit, 'ik kom alleen

maar flapdrollen tegen. Niet alleen de vrijgezellen zijn vreselijk, ook van de getrouwde mannen denk ik altijd: hoe heeft die vrouw hem kunnen uitkiezen? Daarom wil ik geen nieuwe.'

Maar ze liegt. Ze wil wel degelijk een man. Ik heb nagedacht wat ze zou moeten doen om haar hart open te stellen en het is eigenlijk heel eenvoudig.

Om verliefd te kunnen worden moet je alles wat je geleerd hebt vergeten. Waakzaamheid is niet goed, want in de ogen van een man die zijn hart wil verpanden, ziet die behoedzame blik eruit als achterdocht. Als het bij voorbaat al niet goed is wat hij doet, durft een man een vrouw nog geen hand te geven. Pas als hij zich op zijn gemak voelt, wordt hij gezellig in de omgang. Dan wil hij niets liever dan alles doen waarvan hij denkt dat het op prijs wordt gesteld.

Je moet alle mannen leuk vinden om die ene te ontdekken die het inderdaad is. De liefde ziet de mensen graag een beetje blind.

Lichaamstaal

Ik ging met een gezelschap op reis. We logeerden in een plattelandshotel en troffen elkaar 's ochtends aan het ontbijt.

'Heb je goed geslapen?' informeerden de groepsleden bij wijze van groet.

De mannen mompelden maar wat als antwoord, maar de vrouwen gaven een minutieus verslag van hun nachtrust.

'Kind, ik heb geen oog dichtgedaan!' zei een van hen, 'er was een geluid dat van beneden kwam.'

'Ja!' riep een ander, 'ik heb het ook gehoord, een soort brom.'

'Inderdaad,' verklaarde een derde vrouw, 'het begon om een uur of twee.'

'Ik kon niet meer slapen,' zei de eerste, 'en als ik eenmaal wakker lig, blijf ik de hele nacht woelen.'

Er ontstond een levendige uitwisseling van nachtgewoontes, slaapgebreken en overgevoeligheden, die maakten dat de vrouwen niet aan hun rust toekwamen.

'En hoe heb jij geslapen?' vroeg een van hen plotseling aan mij. Ik dacht snel na.

Ik ben Doornroosje niet, maar ik aarzelde om mee te gaan zingen met het klaaglied.

Ik vind het niet leuk om mijn lichamelijke belevenissen met anderen te bespreken.

‘Het is hier veel stiller dan waar ik woon...’ begon ik. Niemand luisterde.

‘Ik kan nooit slapen als ik op reis ben,’ zei een van de vrouwen resoluut, ‘en mijn ingewanden spelen ook altijd op als ik buitenlands voedsel eet.’

‘Ik heb ook zulke gevoelige darmen,’ riep de vrouw tegenover haar, ‘hij,’ – ze wees met haar duim naar de struise man, die naast haar zat – ‘hij kan alles eten.’

Alsof hij haar woorden kracht wilde bijzetten, nam haar echtgenoot net een grote hap van zijn boterham met spek en gebakken ei.

‘Hrrm,’ bromde hij instemmend.

De andere vrouw keek de man vorsend aan.

‘Dat hoeft die van mij niet te proberen,’ zei ze hoofdschuddend, ‘eieren met spek. Die van mij krijgt van alles diarree.’

Ik keek naar de lege plaats naast haar. Haar man was even tevoren opgestaan van tafel en had zich verontschuldigd. Hij zat waarschijnlijk op de wc. Ik probeerde aan iets anders te denken.

‘Het heeft lang geduurd voor we erachter waren wat hem mankeerde,’ vervolgde de vrouw. ‘Hij zei steeds dat hij last van zijn maag had. Tot ik hem vroeg om aan te wijzen waar de pijn zat. Toen wees hij naar zijn onderbuik.’

Het schijnt inderdaad zo te zijn, dat mannen geen idee hebben van de topografie van hun lichaam. Ze kunnen nog net aanwijzen waar hun armen en benen zitten, maar wat er vanbinnen gebeurt, weten ze niet.

Vrouwen wel. Die gaan voortdurend na of er ongeregeldheden zijn, of de cyclus verloopt zoals hij moet gaan, of er geen verdachte knobbels zijn verschenen.

Ze hebben het koud of juist warm, ze hebben honger of dorst en ze zijn moe. Een beetje moe, vooral de laatste tijd.

Over alle bevindingen brengen ze hardop verslag uit. 'Ik heb jeuk,' zeggen ze bijvoorbeeld. En dan krabben ze even.

Een man krabt zonder erbij stil te staan.

Ik heb een vriendin die sinds de overgang stroeve gewrichten heeft. Haar hoor ik telkens 'Au!' zeggen. Terwijl ze een verhaal aan het vertellen is of een gesprek voert, roept ze: 'Au!'

'Wat heb je toch?' vroeg ik op een dag geërgerd.

'Niks,' zei ze verbaasd, 'gewoon een beetje pijn af en toe.'

'Alle vrouwen praten over hun lichaam,' zei een vriend van mij, die een poosje geleden gescheiden is. 'Ze zijn doodop of ze hebben hoofdpijn. En dan willen ze géén aspirine. "Het gaat zó over," zeggen ze, "als ik wat gegeten heb." Maar ze eten niet, want ze hebben nog geen trek. "Ik kan 's ochtends niet eten," zeggen ze. Ze hebben de hele nacht wakker gelegen of ze komen 's ochtends hun bed niet uit van de spierpijn, de ischias, een verschoven wervel of een vreemd matras. Ze zeggen trouwens nooit lichaam. Vrouwen hebben het over "mijn lijf".'

Ik keek hem wantrouwig aan.

'Je bent toch geen vrouwenhater geworden?' vroeg ik.

Hij stak bij wijze van erewoord twee vingers op.

'Echt niet! Ik bedoel het helemaal niet onaardig. Maar het is wel wáár. Mijn ex-vrouw deed het ook. Als je haar vroeg hoe het met haar ging, zei ze steevast: "Ik ben kapót!" Dan was ze een uurtje in de stad geweest op de verkeerde schoenen.'

'Ja, maar dat is iets anders!' protesteerde ik. Vrouwenschoenen zijn vaak bijzonder ongerieflijk. Ze knellen, de hakken zijn iets te hoog of de leest te smal of ze zitten het eerste uur heerlijk maar blijken dan zo weinig steun te geven, dat je toch moe wordt in je enkels.

Daarom is het ook nooit leuk om naar een feest te gaan. Je kunt geen gymschoenen dragen bij een mooie jurk en hoge hakken gaan, net als het gezellig begint te worden, zeuren dat ze naar huis willen.

'Mannen hebben het gemakkelijker,' zei ik, 'ze hoeven er niet charmant uit te zien. Ik ben ook bekaf als ik een paar uur mooi probeer te zijn.'

'Mijn vrouw hoefde haar best niet te doen,' zei hij, 'ik vond haar altijd mooi genoeg. Dat waardeerde ze trouwens helemaal niet. Ze vond mij onverschillig.'

'Gaf je nooit een compliment?' vroeg ik. 'Zei je nooit dat ze knap was?'

Hij schudde schuldbewust zijn hoofd. 'In het begin natuurlijk wel, maar de laatste drie jaar niet. Het had geen zin. Ze sprak me toch altijd tegen. Ze vond dat ze er oud uitzag, daar had ze het steeds over. Eerst zei ik nog dat ik geen bezwaar had tegen rimpels, maar dat hielp niet. Toen zei ik niets meer. Ik keek mijn ogen uit naar alle cosmetica die ze aanschafte, dure crèmes, die natuurlijk niks deden. "Juffrouw Smeer" noemde ik haar.'

'Hè bah, wat onaardig!' riep ik uit.

'Ja,' zei hij, 'daarom zijn we ook uit elkaar.'

'En nu heb je een jonge meid,' veronderstelde ik.

'Nee,' antwoordde hij, 'ik ben lekker vrijgezel. Dat is

veel leuker. Ik hoef nu nooit meer te horen dat er iemand kapot is. Mannen zijn nooit kapot.'

'O nee?' hoonde ik. 'Mannen zijn net baby's. Als ze hoofdpijn hebben, denken ze dat er een tumor in hun kop zit. En maar piepen.'

'Dat doen ze alleen thuis,' antwoordde hij stellig, 'tegen hun eigen vriendin. Niet tegen andere mannen.'

Het schijnt inderdaad zo te zijn, dat mannen niet zo gauw in het openbaar zeuren over hun lichamelijke gesteldheid. Daar bestaat een evolutionaire verklaring voor: met mannetjes die hun zwakte tonen, loopt het vaak slecht af. Ze worden uitgedaagd door alle andere mannetjes die denken dat zij sterker zijn. Doordat ze zo vaak moeten vechten, verliezen ze op den duur iedere slag en worden uiteindelijk doodgebeten. Als de leider van een kudde tekenen van uitputting begint te vertonen, staat er ook onmiddellijk een vervanger klaar en dan is er geen sprake van een welverdiende oude dag. Hij krijgt een pak slaag en mag blij zijn als het daarbij blijft.

Daarom mag een man niet huilen en zal hij aan andere mannen niet gauw laten merken dat hij liever met een kop anijsmelk en wollen sokken bij de televisie blijft zitten, dan dat hij in weer en wind de ruige natuur intrekt om een draak te verslaan.

Als mannen alleen zijn met een vrouw, klagen ze wel, maar zodra er een andere man in de buurt komt, houden ze op.

Ik had een buurman, die vroeger een geduchte kerel was, maar op een dag last van artritis kreeg. Als ik hem tegenkwam in de lift, liet hij zijn handpalmen zien.

'Ik heb toch zo'n pijn dáár!' weeklaagde hij, 'die duimmuizen, hè, die duimmuizen.'

Mensen die vaak klagen gebruiken altijd het aanwijzend voornaamwoord die of dat: *die* schouder, *dat* been, *die* rug. Ze bedoelen hun eigen rug, schouder en been, maar ze praten erover alsof het een vijand is, die buiten de poorten op de loer ligt en het fort van hun levensgeluk bedreigt.

Vaak gaat achter die-lichaamsdelen ook een geestelijk lijden schuil. Dat been hinkt moedeloos door een afkalvende wereld, die schouder gaat gebukt onder hypotheeklasten en een huwelijk dat niet meer mééveert.

Toen ik nog psycholoog was en praktijk hield, voelde ik een groot begrip voor mensen die dergelijke klachten hadden. Psychosomatische aandoeningen heette het verschijnsel in de leerboeken en het was leuk om uit te zoeken wat *die* rug tot uitdrukking probeerde te brengen. Vaak volgde er een verhelderend inzicht, een enthousiast plan om de wereld op een nieuwe manier tegemoet te treden. De patiënt was genezen, de psycholoog werd geprezen om haar inzicht en haar goede raad.

Maar wanneer ik alleen reisgenoot ben, mag ik geen goede raad geven. Ik weet ook niet of ik het zou kunnen. Van mijn warme psychologen-medeleven is weinig over sinds ik niet meer in bedrijf ben.

Laatst was ik met mijn vriendin in het gebied in de Vogezen dat Temidden van de Bronnen heet, en waar het zuivere mineraalwater gul uit de grond opwelt. De dorpen daar hebben namen die je terugvindt op de waterflessen in de supermarkt: Contrexéville, Bellefontaine, Clairefontaine, Blondefontaine, Vittel. Wat uit de waterleiding vloeit, is vrij van vervuiling. Maar mijn vriendin wilde niet uit de kraan drinken. Ze vertrouwde alleen verpakt water. Ik vond het flauwekul, maar om de goede stemming niet te bederven, sjouwde ik met grote flessen bronwater, tot ik pijn kreeg in mijn ellebogen en mijn polsen. Die ellebogen. Die polsen.

De werkster

Mijn moeder had een hekel aan haar schoonmoeder. Daar had ze ook reden toe, maar van de weeromstuit wilde zij ook geen contact met de rest van de familie. Wij zouden nooit een tante te zien hebben gekregen als Tante Bep er niet was geweest. Tante Bep kwam iedere week. Zij was op geen enkele manier aan ons verwant, maar ze maakte meer deel uit van ons gezin dan welk familielid ook. Tante Bep kwam schoonmaken. Zij was de werkster en mijn moeder had een groot respect voor haar, want zoals zij kon poetsen, kon er maar één: mijn moeder zelf.

Wanneer mijn moeder over haar jeugd vertelde, haalde zij het liefst de herinnering op, dat zij als klein meisje de trap mocht boenen met haar eigen poppenemmertje en de bijbehorende poppenboender. Ze was dol op schoonmaken.

Samen met Tante Bep sleepte zij iedere week al het meubilair de kamers uit, zodat ze overal goed bij konden. Dan sopten, zwabberden en dweilden ze samen tot het hele huis blonk.

Toen Tante Bep op een dag trouwde en een eigen huishouden begon, heeft mijn moeder wel andere werksters gehad, maar niemand was goed genoeg. Morrend verdroeg ze hun slappe bijdrage aan haar eigen schoonmaakwoede.

'Tijden veranderen,' verzuchtte ze, 'vrouwen van tegenwoordig kunnen niet meer werken.'

Mijn moeder is een paar jaar geleden overleden en heeft dus net de intocht van Poolse werksters gemist. Ik heb een Poolse werkster en het lijkt wel of tante Bep zich in het geheim in Polen heeft vermenigvuldigd, alsof een tovenaarsleerling daar een goede bezem heeft toegesproken.

Poolse werksters zijn fantastisch. Dat komt natuurlijk doordat ze economie hebben gestudeerd, scheikunde of Frans. Hun diploma sluit niet aan bij de Nederlandse arbeidsmarkt en om hun rusteloze handen werk te geven, klussen ze bij als huishoudelijke hulp. In één blik zien ze welke hoek van het huis het hardst toe is aan een sopje. Ze brengen systeem aan in de chaos, ze stoffen de randen van schilderijen en zelfs aan ramen zemen hebben ze geen hekel. Dat is uitzonderlijk, want vrijwel alle werksters die ik tevoren heb gehad, betaalde ik extra voor ramen lappen, omdat ze er zo treurig van gingen kijken.

'Mijn werkster háát ramen lappen,' vertelde een collega, 'dat deed ik dus altijd zelf. Tot ik een nieuwe hulp kreeg. Die wilde niet strijken, maar de ramen deed ze wel.'

'Ik strijk zelf,' antwoordde ik, 'want dat vind ik wel leuk werk. Ik maak ook zelf de wc schoon. Ik vind het niet goed voor de gelijkwaardigheid als iemand anders mijn wc borstelt.'

Het bleek dat veel vrouwen daar net zo over denken. Mannen niet, die laten ook doodgemoedereerd een kakrand zitten voor de werkster, behalve als ze opgevoed zijn of homoseksueel.

‘Ik ken iemand, die eerst haar hele huis zelf schoonmaakt voordat de hulp komt,’ zei de collega. ‘Zij is bang dat die haar anders een viezerik vindt.’

‘Ik ruim wel altijd op,’ zei ik, ‘want anders doet zij het en dan kan ik niks meer vinden.’

Ik glimlachte er vergoelijkend bij, want ik ben erg gesteld op mijn Agnieczka, maar dat opruimen van haar is eigenlijk een ramp. Ze schuift alle rekeningen en mijn velletjes aantekeningen op het bureau samen tot een grote stapel om hem vervolgens te verdelen in drie willekeurige die ze op rare plaatsen legt: op de vensterbank, in de archieflade en in de boekenkast, op de plank waar ik oude agenda’s bewaar. Ze ruimt ook boeken op. Ik leg graag boeken, die ik pas heb gekocht, op de salontafel. Er liggen ook stapeltjes naast de leunstoel. Dat mag niet van haar. Ze zet ze in de boekenkast. Daar raken ze kwijt, omdat ik niet verwacht dat een boek, dat ik van iemand heb geleend en terug wil geven, ineens tussen de leerboeken psychologie staat, omdat daar nog ruimte was. Of bij de Vlaamse schrijvers. Weet zij veel. Ze spreekt een paar talen, maar vooralsnog geen Nederlands en maar een beetje Engels: ‘Bottle finish,’ zegt ze en ze houdt een bijna lege fles allesreiniger omhoog.

Ik ben wel blij dat we niet zoveel kunnen praten. Mijn vorige werkster, die na de geboorte van haar kind is weggegaan, was enorm gezellig. Ze zat vol verhalen, die heel interessant waren, maar terwijl ze vertelde, stonden haar handen stil. Ze hield een druipend dweiltje boven een emmer en kletste maar door. Daar werd ik wanhopig van, maar ik durfde er niets van te zeggen.

Het is een bekend probleem. Een vriendin van mij

heeft een ouderwetse Rotterdamse hulp. Ze is geweldig en maakt schitterend schoon, maar als zij thuis is, drinken ze samen koffie. Dat kost wel een uur. Mijn vriendin probeert zo veel mogelijk afwezig te zijn als het huishouddag is. Dan laat ze een vriendelijk briefje achter met instructies en verzoeken. Als ze thuiskomt, ligt er een antwoord van drie velletjes. Ik heb er eens een gelezen en ik vond eigenlijk dat deze werkster in het verkeerde beroep terecht is gekomen. Ze heeft een vloeiende stijl en genoeg te vertellen.

Bovendien moet deze vriendin niet zeuren. Als er veel tijd met koffiedrinken is opgesoupeerd, blijft haar hulp wat langer. Ze houdt niet van half werk.

Ik vertelde dat aan de collega met wie ik over de huishouding sprak, en zij kende weer iemand die een werkster had, die precies op tijd kwam, maar ook klokslag drie uur later wegging. Al was de gang nog maar half gedweild, al was ze midden in een karweitje: ze trok haar jas aan en verliet het huis. De emmer en de vieze dweil liet ze liggen waar ze lagen. Haar tijd zat erop.

'Die heeft een hekel aan haar werk,' zei ik.

'Vind je het gek?' weerlegde de collega. 'Niemand houdt van poetsen.'

Zij heeft mijn moeder niet gekend.

Maar er zijn inderdaad ook werksters die er geen aardigheid in hebben.

'Ik doe het voor de poen!' verklaarde een jonge meid, die al heel lang van plan is een leven als kunstenares te beginnen. Zij praat over huishoudelijk werk alsof het de prostitutie is. Ze verbergt haar liefdeloze houding achter speciale handgrepen. Ze poetst de kranen in de badkamer op, zodat het lijkt alsof ze geen detail heeft overgeslagen. Ze verplaatst expres een paar voorwerpen in de vensterbank, zodat het lijkt alsof ze ieder dingetje zorgvuldig heeft opgepakt en afgestoft.

Ze ragt zo snel mogelijk door het huis en gaat altijd te vroeg weg. De meeste mensen voor wie ze werkt, zijn mannen. Die merken het toch niet en de enige vrouw die ze als klant heeft, is bang voor haar.

Veel vrouwen zijn bang voor hun werkster. Ze voelen zich ongemakkelijk, omdat ze vinden dat je een andere vrouw niet mag huren voor werk waar je zelf geen zin in hebt. Ze durven het niet te zeggen als ze ontevreden zijn, vooral als het om een buitenlandse werkster gaat. Voor geen prijs willen ze op een Witte Mevrouw lijken. Daarom verduren ze het dat de werkster een dierbaar kopje breekt, zeepsop morst op een belangrijk document, bij iedere schoonmaakbeurt een hele rol keukenpapier opsoupeert en af en toe niet komt opdagen zonder bericht te sturen.

Ik vind het soms wel fijn als Agnieszka een weekje overslaat. Dan hoef ik niet te zoeken naar mijn aantekeningen. Dan staat het zoutvaatje op de plek waar ik het de laatste keer heb neergezet en niet tussen de theezakjes.

Maar voor de rest houd ik haar eerbiedig in ere. Ik kan niet leven zonder Tante Bep.

Arts & das

Ik kreeg een uitnodiging voor een feest: 'Leuk als je komt, maar trek je dan wel iets gezelligs aan? Geen eh... tennisrokje?' De man die sprak, keek laatdunkend naar mijn benen. Ik volgde zijn blik. Het viel nog best mee wat ik aan had, een gestreepte plooirok die mijn knieën net bedekte. Hij zat netjes en het witte T-shirt dat ik erbij droeg, was nieuw, dus liep ik niet voor schobberdebonk.

Ik ben niet goed in aankleden. Dat ligt niet aan mijn inzet, ik doe erg mijn best, maar ik heb geen resultaat. Kleren die in de winkel nog chic leken, veranderen in vodden zodra ik ze aantrek. Het is een erfelijke aanleg, want mijn vader had het ook.

In de jaren vijftig droeg hij pakken, die als carnavalskleren om zijn smalle schouders hingen. Later, toen de tijden veranderden, kocht mijn moeder suède vesten voor hem, vlotte jasjes en moderne broeken. Het hielp niet, mijn vader werd nooit een zwierig geklede man. Voor mij maakt het ook niet uit of een rok een dure merknaam heeft of uit de tienerwinkel komt. Ze gaan er allemaal uitzien alsof ze betere tijden hebben gekend.

Af en toe is het mijn eigen schuld als ik voor gek loop. Ik ben niet trefzeker. Ik zie niet altijd het verschil tussen wat mij goed staat en wat ik beter in de rekken had kunnen laten hangen. Ik heb geen ferme goede smaak. Ik houd van bloemetjes en stippen en dat is geen gezicht. Dat weet ik en ik hou me in, maar wat ik dan wel moet kopen, kan ik ook niet bedenken.

'Korte rokken staan jou leuk,' zegt mijn verloofde, maar ik heb mijn leeftijd niet mee. Het ergste wat mij kan gebeuren op het gebied van de kleding, is dat iemand zou mompelen: 'Van achter lyceum, van voren museum!'

Soms lees ik een modeblad met nieuwe ideeën en de trends van het seizoen. Daar heb ik niets aan. Het fotomodel heeft een lange felroze jurk aan, een kittig lichtgroen hemdje met kant eronder en een donkerrode wollen trui om haar schouders geknoopt. Het staat haar allemaal beeldig, maar ik weet zeker dat het meer dan een uur heeft gekost om haar zodanig uit te dossen dat de jurk, de trui, het hemd en de sfeer op de foto tot zijn recht kwamen. En dan heeft zij haar figuur nog mee.

Sommige vrouwen gaan naar een modeshow. Dat heb ik ook eens gedaan, samen met een vriendin die er verstand van heeft. Met een dodernstig gezicht wiegden de modellen over de catwalk met de wonderlijkste lappen aan hun graatmagere lichaam en op hun hoofd.

'Hoe is het mogelijk dat dit toonaangevende mode is?' vroeg ik aan mijn vriendin. 'Hier gaat toch zeker niemand in lopen?'

Ze gaf een ontwijkend antwoord, maar ik bleef aandringen: 'Wat heeft een modeshow te maken met kleren die je draagt?'

'Niks,' gaf ze korzelig toe, 'het is haute couture. Dat is voor de happy few.'

'Wanneer moeten de happy few die dingen aan? Als je de foto's in de bladen ziet, dragen ze ook gewone jurken. Of bijna gewone jurken.'

'Niet alles is draagbaar,' zei ze.

Ik keek haar stomverbaasd aan. Het was of ze doodleuk verklaarde dat de portieren van de auto in de showroom niet open konden.

Toen de optocht was afgelopen, volgde nog een samenzijn met wijn en pasteitjes. Het was belangrijk dat wij ook bleven, want nu konden we zien wat de bezoekers van de modeshow aan hadden, legde mijn vriendin uit. Er waren ook journalisten, die de aanwezigen vroegen wat zij droegen.

Ik hield mij zo goed mogelijk schuil, maar plotseling stond er een vrouw met een microfoon voor mij.

'En wat hebt u voor deze gelegenheid uitgekozen om aan te trekken?'

Ik keek even naar beneden.

'Een blauwe jurk,' antwoordde ik. Ze fronste geërgerd haar wenkbrauwen. Ik had de ontwerper van de jurk moeten noemen. Om haar minachting te kennen te geven wendde de interviewster zich abrupt van mij af.

'Van Elisa F!' riep ik gauw om het goed te maken, maar ze hoorde me niet, of Elisa F. was niet beroemd genoeg, of haar creaties geen couture.

Eigenlijk had de vrouw gelijk. Ik heb niks te zoeken op modeshows.

Het liefst zou ik werkkleding dragen, maar voor mijn beroepsgroep bestaat die niet. Alleen als ik naar de manege ga, heb ik een rijbroek aan met laarzen, zoals alle ruiters en in de keuken draag ik een schort.

'Je weet niet waar je over praat,' zei een verpleegkundige aan wie ik vertelde dat ik met plezier elke dag hetzelfde zou aantrekken. Zij heeft een hekel aan haar witte uniform.

‘Het is nog onhandig ook,’ zei ze, ‘de stof van de broek is dun, je kijkt erdoorheen. En ik krijg er een dikke derrière in.’

‘Kun je geen rok nemen of een overgooier of zo?’ vroeg ik.

Ze schudde haar hoofd. ‘Wij moeten deze combinatie aan, een broek en een jasje. Dat schijnt handiger te zijn voor de wasserij.’

Er bestaan ontwerpers die gespecialiseerd zijn in kleding voor werknemers in de gezondheidszorg. Het is een moeilijke opdracht want de kleren moeten gemakkelijk en veelvuldig te wassen zijn, ze mogen de bewegingen niet belemmeren en ze moeten iedereen min of meer flatteren.

Er is een tijd geweest dat uniformen uit de mode waren. Ze zouden de machtsverhoudingen te veel benadrukken. Patiënten moesten zich gelijkwaardig kunnen voelen aan degene die hen verpleegde of medische adviezen gaf. Als je in die tijd bij de dokter kwam, zat daar een jongeman of een jonge meid in een spijkerbroek met een truitje.

Maar de laatste jaren is de witte jas weer in bedrijf. Je ziet hem niet overal en als een huisarts er een draagt, hangt hij open of over een stoel, maar hij is niet meer in de ban.

‘Ik vind een witte jas of een wit hemd heel geschikt voor een arts,’ zei een internist. ‘Je kunt er aan zien dat de kleding schoon is. Dat lijkt mij plezierig voor een patiënt.’

'Patiënten kijken niet zo erg naar kleren,' zei ik, 'er is onderzoek naar gedaan aan de universtiteit van Otago in Nieuw Zeeland. Het leek niet veel uit te maken wat de dokter aanheeft, als hij er maar vriendelijk bij glimlacht. Het enige wat de patiënten wel graag zien, zijn lange mouwen en dichte schoenen. En liever geen okselvrije topjes als het een vrouwelijke arts betreft, en bij mannen geen oorbellen.'

'En geen das,' vulde de internist aan. 'Weet je dat een stropdas heel vies is? Je kunt hem niet wassen en hij hangt overal in. Als de dokter zich over een patiënt buigt, zwiert de das over diens blote buik en ik heb zelfs eens van een collega gehoord dat hij iemand rectaal toucheerde en per ongeluk een puntje van zijn das meenam, de anus in.'

Ik trok een vies gezicht, maar de internist kwam nu pas lekker op dreef met zijn verhaal: 'Artsen moeten hun handen vaak wassen, dat weet iedereen. Chirurgen staan voor iedere operatie minutenlang te boenen. Maar ze zouden beter extra aandacht aan hun bibs kunnen besteden. Rond de anus zitten de meeste bacteriën.'

'Gadver,' zei ik.

De internist lachte. 'Vroeger hield men zich helemaal niet bezig met de hygiëne,' zei hij, 'toen gingen kledingvoorschriften over het fatsoen, over de roklengte van het verpleegstersuniform. Als de zuster op haar knieën stond, moest de rok de grond precies raken. Ze mocht vooral geen lust opwekken.'

Dat deed ze natuurlijk evengoed, hoe lang haar rok ook was. Niet zozeer bij de patiënten, want die hebben in een ziekenhuis wel wat anders aan hun hoofd, maar bij de artsen.

Die wekken zelf ook veel lust op met hun bedrijfskleding.

Mijn verloofde is arts. Hij is niet bijzonder mooi, maar als hij een witte broek aantrekt en een stethoscoop om zijn hals hangt, heeft hij onmiddellijk sjans. Die gun ik hem van harte, al was het maar omdat ik er niet veel aan vind. Ik ben bang voor injecties, dus als ik een doktersjas zie of een verpleegkundig uniform, maak ik mij uit de voeten.

Ik houd meer van andere beroepskleding. Ik ben weerloos tegen het schortje van de hoefsmid en dat van de timmerman. Als ik een glazenwasser op de ladder zie staan, kijk ik altijd of hij een gordel om heeft waar de wisser en de spons in steken. Die vind ik ook zo mooi. En als hij dan ook nog naar me lacht, is mijn hele dag goed. Ik zou wel een modeshow willen zien met dat soort mannen, maar die worden niet gegeven. Er is te weinig belangstelling voor. Werkmanskleding is voor de happy few.

Treuzelen

'Zullen we gaan?' vroeg mijn verloofde. Het was zaterdagmiddag en we wilden naar de Rotterdamse koopgoot om een trui voor hem te kopen, en nieuwe schoenen.

'Ja!' antwoordde ik, maar ik bleef rustig op de bank zitten en las verder in de krant.

Vroeger sprong ik onmiddellijk op zodra hij aankondigde dat we weg gingen. Dan schopte ik mijn pantoffels uit, trok mijn jas en schoenen aan, pakte mijn sleutels en ging bij de voordeur staan wachten, samen met mijn hond.

Daar stonden we dan een kwartiertje.

Mijn verloofde heeft een andere tijdsbeleving dan ik. Wanneer hij zegt dat we weggaan, bedoelt hij, dat hij een begin gaat maken met de voorbereidingen. Eerst legt hij alles klaar wat hij onderweg nodig heeft, dan zoekt hij de juiste schoenen uit voor de onderneming, pakt een schone zakdoek uit de linnenkast, gaat nog even naar de wc, wast zijn handen, poetst nog een keer zijn tanden, legt een briefje neer voor iets dat hij bepaald niet mag vergeten, sluit het computerprogramma op zijn laptop af, moet nog iemand bellen en zo kan het nog wel even aanlopen voor we daadwerkelijk vertrekken. Op straat blijkt dat hij niet zeker weet of hij de kachel heeft uitgedaan. Hij zoekt in zijn jaszak naar zijn sleutel, nee, die zit in een andere zak, o ja, in zijn fietstas en dan gaat hij zijn huis weer in. De kachel stond uit.

Daar word ik niet boos om. Ik heb al zoveel verloofdes gehad, dat ik terdege besef dat ze allemaal wat anders bedoelen als ze 'Zullen we gaan?' vragen. 'Zullen we gaan' lijkt een beetje op 'Ik hou van jou'. Daar bestaat ook geen vaste definitie van.

De meeste mannen zeggen liever niet dat ze van je houden. Ze zijn bang dat hun liefdesverklaring gelijkstaat aan een bindend contract voor veertig jaar. Vrouwen die te horen krijgen dat iemand van ze houdt, willen het zinnetje nog wel eens tussen hun kaken nemen en ermee wegrennen om het grommend tegen hun geliefde te gebruiken als hij of zij zich niet volgens de verklaarde liefde gedraagt.

Zelf serveren vrouwen 'Ik hou van jou' vaak uit als proefneming. Ze hopen dat het antwoord erop houvast biedt voor de toekomst.

Ik heb een tijdlang verkering gehad met een man die nooit 'Ik hou van jou' zei. Als ik vroeg of hij van mij hield, antwoordde hij ja. Dat vond hij wel voldoende. Hij was erg op zijn onafhankelijkheid gesteld.

Wanneer wij samen ergens naartoe wilden, was het net alsof we toevallig tegelijk op weg gingen. Zodra hij een plan had gemaakt, ging hij meteen de deur uit. Hij droeg ook altijd een tandenborstel bij zich, een zakmes en een paspoort voor het geval hij plotseling besloot naar het buitenland te vertrekken of naar de wildernis. Als hij voorstelde om de deur uit te gaan, had hij zijn jas al aan.

Ik was aan zijn gedrag gewend. Bovendien heb ik zelf

nooit getreuzeld. Er was in mijn jeugd geen tijd voor. Mijn moeder had haar leven gewijd aan opschieten en droeg die haast over op haar kinderen.

'Ga maar op tijd weg,' raadde ze aan wanneer we naar school gingen, en voor de terugweg maande ze ons aan direct naar huis te komen, want we zouden op tijd eten. Op tijd betekende vroeg. We aten om vijf uur, we gingen vroeg naar bed en waren dan bekaf van het voortmaken.

Soms word ik gewaardeerd om mijn tempo. Ik was laatst op bezoek bij iemand die erg ongeduldig van aard is.

'Wat ben jij lekker snel!' prees hij.

Ik vertelde dat ik die voortreffelijke eigenschap in de omgang met mijn eigen verloofde juist moet indammen en beschreef hoe het bij ons toegaat wanneer wij een uitstapje maken.

De man rilde van afschuw. Hij heeft een vriendin met wie hij niet wil samenwonen omdat hij bang is dat hij hartklachten krijgt van haar onverstoorbaarheid. Zij is een beeldschone vrouw die een opvallend trage manier van bewegen heeft. Ze maakt rustige afgepaste gebaren, loopt met bedaarde stappen en maakt zich zelden druk. Daar kan hij niet tegen.

Wanneer zij uitgaan, spreken ze een tijdstip af. Dan kan de vriendin op haar gemak haar voorbereidingen treffen, zonder dat hij trappelend van ongeduld zich een tien staat te ergeren aan haar traagheid.

Er zijn wel meer mensen die niet tegen treuzelen kunnen. Overal zien ze nodeloos oponthoud. Bij ieder stoplicht ontploffen ze bijkans, omdat de auto's voor hen niet in de aanslag staan om weg te rijden zodra het licht op groen springt.

Sommige chauffeurs zetten hun auto op de handrem en in zijn vrij. Pas als ze zien dat degene die voor ze staat zich in beweging zet, trappen ze hun koppeling in, schakelen naar de één, halen de handrem eraf en trekken op.

Laatst liep ik langs een rij auto's die bij een gesloten spoorwegovergang stonden te wachten. De trein was net voorbij, het rinkelende signaal was uitgegaan en de spoorbomen gingen open. In de zesde auto zat een mager vrouwtje te tieren. Ze had haar portierraam open, maar ze geneerde zich niks.

'Schiet toch op sukkels!' gilde ze. Ik schoot in de lach en stelde mij voor hoe ze tekeer zou gaan als ze een weekje met mijn verloofde zou moeten doorbrengen. Ik denk niet dat ze elkaar aardig zouden vinden. 'Zullen we gaan?' is er dan niet bij en 'Ik hou van jou' al helemaal niet.

De hik

'Ik had vandaag een bijna-doodervaring,' zei ik tegen mijn vriendin.

'Vertel!' riep ze ademloos uit, want zij is gek op het hiernamaals. Ze denkt dat het aardse bestaan een voorprogramma is en dat het ware doel van het leven zich na de dood zal openbaren. Iemand die een bijna-doodervaring heeft, krijgt volgens haar de gelegenheid vast een kijkje te nemen.

'Ik stond op een plezierboot bij een houten klep die omgeklapt was,' vertelde ik geanimeerd, 'en plotseling dacht ik: ik ga een eindje verderop staan. Het volgende ogenblik waaide die klep naar beneden! Als ik er had gestaan was ik dood geweest.'

'Dat was je engelbewaarder,' verklaarde mijn vriendin stellig, 'die heeft je behoed.'

'Mijn engelbewaarder,' herhaalde ik nadenkend.

'Een bijna-doodervaring is iets anders,' vervolgde ze, 'dan ben je eigenlijk gestorven, maar word je door de geesten aan Gene Zijde teruggestuurd.'

Ze keek mij ernstig aan. Voor haar lijdt het niet de geringste twijfel dat er een gene zijde is. Ze wil ook liever niet van sterven spreken, ze heeft het over Overgaan. Men gaat Over naar Gene Zijde. Om mij terwille te zijn zegt ze dat soort dingen niet te vaak waar ik bij ben. Ik word soms ongemakkelijk van het hiernamaals.

Ik ben streng atheïstisch opgevoed. Volgens de leer van mijn vader bestond er niets, geen god, geen magie en zelfs van menselijke emoties vroeg hij zich af of ze bestonden.

Hij beschouwde gevoelens als de onzindelijke uitingen van een onbeheerste geest. Zoals darmen zich ontdoen van kwalijke gassen, hadden mensen emoties die een uitweg zochten.

Ik geloof niet in god, maar de levensbeschouwing van mijn vader was wel erg kaal. Bovendien heb ik klinische psychologie gestudeerd. Dat is tegenwoordig misschien een serieuze studie, maar in de jaren dat ik op de universiteit zat, leek het wel een opleiding tot toverheks. Alles ging om emoties en om de beïnvloeding van je omgeving. Gedrag werd verklaard op grond van de jeugd, de opvoeding en de ervaringen op weg naar de volwassenheid. Wanneer die jeugd geen lolletje was geweest, werden de demonen uitgedreven in een sensitivitytraining, door middel van een gestaltworkshop of met lichamelijke oefeningen.

Ik ken veel mensen die overtuigd zijn van een leven na de dood. Ze zijn niet godsdienstig, maar ze denken dat na het verscheiden nog Iets komt. Volgens hen zijn wij omringd door personen, die weliswaar zijn overleden, maar die evengoed nog allerlei functies bekleden.

Mijn vriendin bijvoorbeeld heeft een Gids. Hij heet Jacob en hij maakt zijn aanwezigheid kenbaar door haar hand te besturen terwijl zij schrijft. Dat heeft ze op een cursus channelen geleerd. Ik zou daar smalend over kunnen doen, maar de intrede van Jacob in het leven van mijn vriendin heeft een grote verbetering gebracht. Sinds hij er is, heeft zij een evenwicht gevonden dat tevoren ontbrak. Ze drinkt minder, ze doet haar werk met meer plezier en ze klaagt niet langer over de mannen. Ik ben de laatste om Jacob af te doen als flauwekul.

Soms probeer ik ook in een leven na de dood te geloven. Ik zou het maar wát leuk vinden als mijn dode vader nog onzichtbaar rondvloog, of Nico Scheepmaker. Omdat niemand het mij kan beletten, voer ik wel eens een gesprek met de doden.

'Kunnen jullie even helpen met dit artikel?' vraag ik wel eens. Of ik roep hun raad in als ik mijn autosleutels kwijt ben. Dat is misschien oneerbiedig, maar zo heel veel beter bidden echte gelovigen ook niet en dan hebben ze het nota bene tegen het Opperwezen en niet tegen een oude kennis.

Als mijn vader nog ergens verblijft, zal het hem niet meevallen zijn ongelijk van weleer toe te geven. Hij koesterde een grote minachting voor mensen die er een geloof op na hielden. Voor hem gold alleen de wetenschap. Als ik op dat punt ben aangekomen in mijn fantasie over het hiernamaals, moet ik de droom van gidsen en geesten jammer genoeg weer laten varen. Ik geloof ook meer in de wetenschap dan in een leven na de dood, hoe genoeglijk het ook had kunnen zijn.

Een poosje geleden was ik op een lezing over feng shui, de leer van het aardstralenkastje. Het was niet mijn bedoeling erheen te gaan, maar de spreker kwam na mij op een congres waar ik een toespraak had gehouden, en ik vond het onbeleefd om de zaal uit te lopen.

Als je je huis inricht volgens de richtlijnen van feng shui word je rijk en gelukkig. Als je de boel zomaar een beetje neerkwakt, kan het gebeuren dat je het bed met het hoofdeinde in de verkeerde richting plaatst. Dan doe je geen oog dicht.

Terwijl de feng-shuideskundige uitlegde waar het om ging, maakte ik aantekeningen en probeerde mij voor de geest te halen hoe mijn huis is gebouwd. Ik heb geen ramen op het noorden en voor zover ik weet staat de flat een beetje schuin, zodat het nog een heel gedoe zou zijn mijn bed zo neer te zetten dat ik in de juiste stroming kom te liggen.

Toen ik die middag thuiskwam, keek ik naar mijn bankstel en naar de plantenbak. Met een zorgelijk gezicht draaide ik mij om naar mijn bureau. Toen nam ik een praktisch besluit. Ik was niet zeker of alles er wel vloeiend bijstond, maar bij de gedachte aan een grote verandering omwille van rijkdom en geluk verloor ik de moed. Eigenlijk ben ik wel gelukkig genoeg en zo heel veel rijker hoeft ook niet.

Ik zou het wel leuk vinden als feng shui echt bestaat. Als je, in plaats van jaren relatietherapie of loopbaanbegeleiding, je bed kunt verplaatsen of je bureau, scheelt dat enorm in tijd en in kosten.

De mensen hebben geen geduld meer voor langdurige behandelingen. Als ze naar een hulpverlener gaan, willen ze snel resultaat. Op gewone psychologische inzichten zitten ze ook niet te wachten, want psychologie is tegenwoordig alledaagse kennis. Vrijwel alles wat ik tijdens mijn studie heb geleerd, heeft al eens in een tijdschrift gestaan, met een zelftest erbij. Pas als je bovennatuurlijke gaven hebt, maak je indruk.

Op dat gebied heb ik één vaardigheid: ik kan mensen van de hik afhelpen. Ik heb het van een arts geleerd. Wanneer iemand de hik krijgt, ga ik tegenover hem zitten en pak zijn beide wijsvingers vast. Ik druk zacht maar nadrukkelijk op de middelste vingerkootjes en na een paar minuten houdt het hikken op. Het is een wonder.

Meestal vraagt de genezen patiënt hoe de therapie werkt en dan zeg ik iets over meridianen. Maar de arts die me de methode heeft geleerd denkt dat het gewoon de afleiding is die het middenrif tot bedaren brengt, niet de drukpunten.

'Bij zuigelingen werkt het niet en dat geeft te denken,' vertelde hij. 'Trouwens, andere manieren helpen ook. Ik heb eens een kelner in een restaurant tegen een klant die de hik had, horen zeggen dat hij zijn stoel een kwartslag moest draaien en dan langzaam tot tien tellen.'

'Een suikerklontje schijnt ook te helpen,' voegde ik toe.

'Of water in je mond nemen en dat ondersteboven doorslikken,' zei de arts. 'Mijn moeder zei altijd dat je zeven slokken in je mond moest nemen en die naar het westen uitspugen.'

'Het zuidwesten is beter,' gokte ik.

Hij knikte instemmend.

Je kunt het zo gek niet verzinnen, of er is iemand die je woorden gelooft.

Bij de productie van dit boek is gebruik gemaakt van papier dat het keurmerk Forest Stewardship Council (FSC) draagt. Bij dit papier is het zeker dat de productie niet tot bosvernietiging heeft geleid. Ook is het papier 100% chloor- en zwavelvrij gebleekt.

FSC

Mixed Sources

Product group from well-managed forests and other controlled sources

www.fsc.org Cert no. SCS-COC-001256